Tom Cox

et le temple des sacrifices

Du même auteur

Tom Cox et l'Impératrice sanglante, 2001
Tom Cox et l'Œil du pharaon, 2002
Tom Cox à la poursuite de Merlin, 2003

Illustration de couverture : François Roca

Isbn : 2-02-61519-3
N° 61519-1

www.seuil.com

Franck Krebs

Tom Cox
et le temple des sacrifices

Seuil

Les trois hommes étaient prosternés. Leurs vertèbres saillaient sur leur dos nu et leur nez touchait le sol. Un petit rond de buée couvrait le marbre noir, juste sous leur bouche. Cet unique détail révélait qu'ils respiraient encore, car leurs corps engourdis par une immobilité de granit atteignaient la rigidité des cadavres. Depuis combien de temps avaient-ils adopté cette attitude de soumission ? Aucun n'était capable de le dire, soucieux de museler la douleur qui faisait hurler leurs articulations. Ils savaient que, à la moindre plainte, l'horreur se déchaînerait.

Il y eut un froissement, si ténu qu'ils auraient pu ne pas le remarquer dans cette nappe de silence qui les écrasait. Pourtant, aussitôt, leurs sens entrèrent en alerte, déclenchant des ondes de souffrance dans leurs genoux, leurs épaules et leur nuque. Ils tentèrent d'atténuer encore le bruit de leur souffle. Le trône grinça. Les trois hommes semblèrent se recroqueviller telle une feuille de papier dévorée par la flamme. Pourquoi le Maître les avait-il convoqués ? Peu franchissaient le seuil de cette salle, située au cœur de la forteresse de Mordoroc encore en construction. Encore moins en ressortaient vivants.

« Relevez-vous. »

La voix résonna, propagée par l'écho dans le gouffre de nuit qui les enveloppait. Ils frémirent et déplièrent leurs membres ankylosés, se mirent debout, la nuque toujours cassée en direction du sol. Ils avaient appris à ne pas lever le regard avant que l'ordre vienne. Aussi attendaient-ils, éperdus.

La voix ne reprit pas tout de suite. Elle patientait, elle aussi. Se repaissant du silence et de l'odeur de la peur qui montait de ces hommes. Une odeur âcre, entêtante.

« Regardez-moi. »

Alors, ils dirigèrent leurs pupilles distendues vers le Maître. Son visage émergeait à peine des ténèbres. Les proportions de la salle étaient rongées par l'obscurité, de sorte que les piliers se dissolvaient avant d'atteindre la voûte. Seule une torche répandait des serpents de clarté. Ils ondulaient, se tordaient en arabesques, gangrenés d'ombre. Sur l'estrade, au-delà de la rangée des sept marches, une silhouette se dressait. On en distinguait mal les contours. Les lueurs vacillantes ne dévoilaient qu'un œil fixe et la partie supérieure d'une joue que perçait un croc d'acier. Mais ce ne fut pas cette excroissance métallique, surgie de la chair comme une maladie obscène, qui les pétrifia. Ce qu'ils lisaient dans la glace bleutée de l'iris les menait au-delà de l'épouvante. Dans cet œil se concentrait une puissance maléfique, une puissance incommensurable. Et ce regard mordait comme un poison. Il plongeait dans l'âme, la fouillait, rayon dévastateur auquel nul n'échappait.

« Approche. »

Comme une marionnette, un homme se détacha du groupe. Ce n'était pas sa volonté qui ordonnait ses mouvements. Il se contentait de suivre les mots du Maître. La peur le fit pourtant tituber. Alors son échine se cabra comme sous la morsure d'un fouet. Le supplicié gémit tandis que le sang perlait sur ses lèvres.

« Tu ne sais donc pas qu'il est inutile de me résister ? » chuchota le Maître.

L'homme s'écroula sur les marches. Sa peau, sous les vrilles de la douleur, avait pris une teinte grisâtre.

« Tu n'es pas digne d'accueillir une parcelle de mon pouvoir. »

Les intonations se voulaient attentives, un peu comme celles d'une mère qui cherche à endormir son enfant. Mais la tristesse coulait dans chaque mot. Une tristesse infinie que rien ne pouvait consoler.

« Pitié ! » râla le moribond dont le corps était secoué de spasmes.

« Vous êtes mes créatures, expliqua la voix comme animée d'un regain de tendresse, mes fils. Il me revient de châtier ceux qui s'égarent. Même si je n'aime pas ça. »

Un rire éclata, submergeant le malheureux qui se contorsionnait en proie à un indicible tourment. Une main déchira le rideau d'encre. Ses longs doigts pâles se crispèrent. On aurait dit une araignée livide aux pattes démesurées. La victime se démenait, folle de souffrance. Quand le poing se referma, on entendit un craquement sinistre. L'homme n'émettait plus aucun son. Il gisait, inerte, en travers des marches. Mais la position du cadavre indiquait que son squelette avait été broyé.

« J'ai dit que je n'aimais pas ça ? J'ai menti. »

Et le rire atroce jaillit à nouveau, jusqu'à saturer l'espace.

Les deux survivants grelottaient. Ils avaient à peine conscience de leur être. Désormais ils n'étaient plus qu'effroi. Quoi qu'on leur demande, ils obéiraient.

Le Maître murmura une incantation dont ils ignoraient le sens. Ils redoutaient de sentir le pouvoir s'insinuer dans leur chair et les étouffer dans une monstrueuse agonie. Mais au lieu des élancements du mal, c'est un halo qu'ils virent se former sous leurs yeux. Des particules tournoyaient, frénétiques. Elles dessinèrent un visage, d'abord imprécis, puis de plus en plus net. Bientôt ils purent contempler le portrait d'un adolescent. Son visage s'ornait d'un sourire insouciant. Le nez aquilin et les pommettes hautes respiraient l'intelligence.

« Tom Cox ! » rugit Mordom. Et son œil brilla d'une haine inextinguible. « Je vous ai choisis pour capturer cet enfant. Regardez-le bien. Je le veux à ma merci. Un messager vous a devancés. Ailleurs, dans le quatrième monde. À l'heure qu'il est, il doit s'être intégré à la population. Son action n'en sera que plus efficace.

Simple précaution, au cas où vous échoueriez. Il rattrapera votre sottise et liquidera le gamin. Mais vous n'échouerez pas, n'est-ce pas ?»

Instinctivement, les deux hommes avaient reculé. Malgré l'hologramme, le Maître perçut leur mouvement. Cette réaction lui plut car elle dévoilait son emprise. Ses créatures craignaient sa colère avant même qu'elle n'explose. Elles n'en étaient que plus dociles. Au prix de leur vie, elles accompliraient leur mission.

« Nous n'aimons pas donner de faux espoirs. Ce gamin doit apprendre qu'il n'y a pas d'issue pour l'humanité en dehors de moi. Je suis le seul avenir possible. »

Mordom s'était levé. Il descendit les marches et d'un geste agacé désintégra l'image flottante. Il s'arrêta juste devant les deux hommes qui découvrirent sa peau creusée par l'acier. Le métal avait noyé le visage, ne laissant que des morceaux de chair. Une lèpre insoutenable.

« Mes fidèles créatures, susurra le Maître, les caressant de son souffle brûlant. Je vais partager le don. Grâce à ma magie, vous voyagerez jusqu'au monde de Tom Cox, vous vous emparerez de lui et me l'amènerez, avant qu'il franchisse la Porte. En récompense, je saurai me montrer généreux. Mais ne me décevez pas... »

Les deux hommes tombèrent à genoux. Une lame pointa hors de la paume de Mordom. Des reflets rougeâtres palpitaient le long du poignard.

TOM COX ET LE TEMPLE DES SACRIFICES

« Quelques petites transformations s'imposent. N'ayez crainte, la torture sera brève. Et ce que vous endurerez pour moi vous sera payé au centuple. Relevez la tête et montrez-moi vos yeux. »

1

Les cimes recouvertes par les neiges éternelles se profilaient sur un ciel d'un bleu criard. La démesure du paysage coupait le souffle, transmettait la sensation que devaient éprouver les rares alpinistes qui avaient atteint ce sommet : une compression de la cage thoracique proche de l'asphyxie. Oui, si on laissait son regard s'absorber dans ce spectacle, l'oxygène venait à manquer aussi sûrement que si vos pieds s'étaient enfoncés dans la croûte gelée. L'Himalaya. Le toit du monde...

Un tremblement, d'abord imperceptible, parcourut le géant blanc. Puis il sembla s'animer d'une vie propre, réagir à un soubresaut interne. Soudain la montagne se détacha, projetée en avant par une force irrépressible. La masse de roches et de glace se rapprochait, secouée par un séisme phénoménal. Elle s'effondra sur nous et nous recouvrit en un crissement de papier.

« Qui m'a flanqué des ouvriers d'une telle maladresse ! » hurla mon père toujours perché sur son échelle.

Je me dégageai tant bien que mal du gigantesque poster qui venait de se décoller de la cloison. Des grognements étouffés montèrent : Tooloo était encore coincé sous la photo. J'aidai mon ami à se dégager de ce piège sans parvenir à contrôler le fou rire qui m'envahissait. L'aiglon avait les plumes en bataille comme s'il sortait d'une centrifugeuse. Visiblement vexé, il se retira dans un coin de la pièce en maugréant : « Facile de critiquer les exécutants. Nous n'avons pourtant fait que suivre les ordres à la lettre. Hélas, quand le patron est incompétent...

– Incompétent ! protesta mon père en levant les bras au ciel. Je vous avais bien dit de maintenir l'image contre le mur le temps que la colle prenne. Mais il a fallu que vous reculiez pour admirer le résultat.

– Ça faisait dix minutes que nous pressions ce poster, se révolta le volatile avec dignité. J'ai les ailes tout ankylosées à force d'appuyer. Si la condition pour qu'il reste fixé était de nous transformer en clous ou en punaises, vous auriez dû nous avertir. Je ne vois aucun inconvénient à gaspiller mon existence plaqué contre un mur. Après tout c'est une occupation comme une autre. Qu'avons-nous de mieux à faire ? À ceux qui m'auraient demandé ce que je fais dans la vie, j'aurais pu répondre : Je maintiens en place une reproduction de trois mètres sur deux, et j'en suis fier. Je pourrais me contenter d'une photo d'identité, mais ce n'est pas l'ambition qui me manque. »

L'hilarité me faisait mal aux côtes. Ça faisait un bien fou de céder à l'insouciance après les semaines de tension que nous avions vécues. Même si je savais que cette légèreté serait de courte durée.

Les remarques ironiques de l'oiseau déstabilisèrent notre chef d'équipe. À travers les larmes qui remplissaient mes yeux, je le vis blêmir et faire un effort afin de prendre sur lui.

« Peut-être ne l'avons-nous pas assez enduit ? Ou alors nous avons trop dilué la colle ? »

Mon père oubliait de préciser qu'il avait tenu à accomplir lui-même ces deux tâches par peur de notre manque d'expérience. Voilà qu'il nous associait aux causes de l'échec. Cette mauvaise foi irrita Tooloo qui s'avança pour répliquer. Malheureusement, sa fougue le fit déraper sur le papier gluant et il entama une glissade des plus majestueuses. Lorsqu'il se redressa, des grumeaux translucides parsemaient son plumage.

« Maintenant tu es l'adhésif parfait ! » m'écriai-je avant de succomber à une nouvelle explosion de joie.

L'affaire aurait pu très mal tourner, mon père étant plutôt chatouilleux quant à ses capacités de bricoleur et mon aiglon n'aimant pas lui non plus être ridiculisé. Pourtant la bonne humeur l'emporta et les deux adversaires partagèrent mon amusement.

La porte s'ouvrit et la tête de ma mère apparut.

« Eh bien ! Si j'avais deviné que vos occupations étaient si drôles, je me serais jointe à vous. Enfin, puisque l'Himalaya est par terre, il peut désormais attendre une heure ou deux. Le petit déjeuner est prêt. »

Après nous être calmés, nous la suivîmes dans la cuisine et nous installâmes autour de la table. Le café fumait dans les bols et des tranches de pain grillé s'étageaient sur une assiette.

« Il reste encore un peu de confiture de bananes ? demanda Tooloo, dont les pupilles dorées pétillaient de gourmandise.

– Désolée, soupira ma mère, mais à la cadence où tu l'engloutis, il faudrait faire des courses deux fois par jour. Tu vas devoir te rabattre sur la gelée de coing.

– Qui a fini le pot ? s'insurgea Tooloo. Je suis certain qu'il en restait la moitié hier soir.

– Alors tu dois être somnambule et te lever la nuit pour te remplir l'estomac, se moqua gentiment ma mère. Je te rappelle que tu es le seul dans cette maison à raffoler de cette pâte visqueuse à la banane. À l'idée d'en goûter une pincée mon estomac se révolte. »

Cette repartie eut le mérite de fermer le bec du volatile qui bouda quelques secondes avant de se jeter sur le pot au contenu d'un jaune translucide.

En apparence la famille avait l'air normale. En apparence seulement. Et il suffit d'une phrase pour que reviennent à la surface tous les désaccords qui nous déchiraient.

« Tom, dépêche-toi, ordonna ma mère après avoir avalé une gorgée de café. Tu vas rater le bus de ramassage scolaire. »

Quelle idée stupide de m'obliger à retourner au collège. L'assiduité scolaire ! Voilà bien une des obsessions des adultes. Comme si le moindre jour d'absence allait amputer votre cerveau d'un lobe entier ou vous rendre ignare pour le restant de votre vie. Certes, j'avais déjà manqué deux semaines de cours, juste avant les vacances de la Toussaint. Mais je n'avais pas profité de cette période pour me tourner les pouces. D'ailleurs, si je songeais à ce qui s'était produit, je regrettais presque d'avoir séché l'école. Je n'étais pas parti à l'étranger faire un stage de voile ou me dorer au soleil. J'avais été catapulté en plein Moyen Âge, malmené par des brutes épaisses, lâché au cœur d'une bataille... Bref, un séjour de rêve où détente et remise en forme étaient mes soucis quotidiens. Couronnement de cette expédition, j'avais appris que l'invasion de Mordom Horpilleur était imminente et qu'un vieux grimoire m'avait désigné comme unique sauveur de l'humanité. De quoi pouffer de rire jusqu'à en mouiller sa culotte. À moins que la conscience soudaine du tragique de la situation ne vous tue sur-le-champ. Dans ces conditions, la perspective de gaspiller des heures devant une table couverte de graffitis, le nez plongé dans un classeur ou un manuel, ne m'exaltait guère. À quoi bon se remplir le crâne de connaissances si la guerre était déclarée dans quelques semaines ?

Je tordis la bouche en une grimace de dégoût.

« Inutile d'avoir cette discussion à nouveau, trancha mon père, dont le front se plissa de sillons profonds. Tu sais ce que nous en pensons, ta mère et moi. »

La révolte me soulevait la poitrine, mais je ne pouvais donner tort à mes parents sur un point. J'étais parfaitement au courant de leur façon de voir les choses et toute tentative pour les faire fléchir serait vaine. J'avais compris leur position. Depuis mon retour, d'âpres querelles les avaient opposés à ma tante Anna. Cette dernière, secondée par ses deux acolytes, Max, le lézard parlant, et Cassandra, sa cuisinière, avait argumenté afin que je parte le plus rapidement possible pour le quatrième monde. Mon père et ma mère avaient farouchement refusé. La montée des périls ne portait pas à l'optimisme et j'avais toutes les chances de périr au cours de cette nouvelle mission. Jamais jusqu'ici les pressions exercées par Mordom Horpilleur n'avaient été si fortes. L'étau se resserrait et mon ennemi n'aurait de cesse qu'il ne contemple mon cadavre. Le premier endroit où il me chercherait serait évidemment le Pérou, prochain lieu de mon apprentissage. Max avait eu beau plaider qu'il n'existait aucun endroit totalement hors de portée du Maître des ténèbres, mes parents étaient restés de marbre.

Je repoussai ma chaise, tout dépité, et filai dans le hall où m'attendait mon cartable. Un battement d'ailes me fit me retourner. Tooloo m'avait suivi : « Je peux venir ?

– Tu es fou ! A-t-on jamais vu un seul élève partir au collège de gaieté de cœur ? mentis-je avec aplomb. C'est le bagne. Une surveillance de chaque seconde, des châtiments au moindre faux pas...

– Alors peux-tu t'arrêter chez l'épicier, au retour ? Je n'ose pas le dire à ta mère, mais sa mixture aux coings est immonde. Je me demande qui ingurgite cette gélatine insipide. Remarque, il ne doit pas subsister de témoin de l'expérience. J'imagine que tous ceux qui s'y sont risqués hantent maintenant les cimetières. »

Une dizaine de secondes lui avaient suffi pour vider la fameuse mixture incriminée, mais il valait mieux ne pas le mentionner, sans quoi j'aurais droit à des heures de justifications. Son stratagème me fit sourire. Tooloo n'avait jamais eu l'intention de m'accompagner. C'était juste un moyen de se plaindre afin que j'accepte sa seconde demande. Mon aiglon ne désarmait jamais. Surtout lorsqu'il s'agissait de se goinfrer. Je soupçonnais le fabricant de glisser des composants illicites dans ses produits. Depuis que le volatile y avait goûté, il était devenu totalement accro. Peut-être faudrait-il envisager un sevrage ? Au moins ses préoccupations ne l'empêchaient-elles pas de dormir.

J'acquiesçai d'un hochement de tête, et crus que mon compagnon allait défaillir de bonheur !

2

L'ÉPREUVE fut encore plus pénible que je ne l'avais imaginé. En cette journée de reprise des cours, mes camarades affichaient un air cafardeux et mes efforts pour entamer une conversation étaient récompensés par des grognements taciturnes. Il faut dire que M. Klèctic avait jugé bon de nous coller un contrôle de mathématiques, prétextant que les vacances étaient le moment idéal pour effectuer des révisions. Les enseignants ne doivent pas être normalement constitués ou alors ils ignorent la signification du mot « vacances ». Pour n'importe quel individu cela correspond au rejet définitif du travail. Déjà en période scolaire les exercices sont un supplice contre nature, alors durant les congés ! De plus, la note de ce devoir serait déterminante et clôturerait en beauté le premier trimestre. En fait de beauté, notre professeur serait servi. Personne n'avait eu le courage d'entrouvrir son cahier et, maintenant que l'échéance fatale approchait, des lamentations muettes entravaient les gorges. Nous allions nous mettre en rangs, comme un troupeau de brebis qu'on mène à l'abattoir, lorsqu'un juron nous arrêta. Pat Malouche nous fit signe d'approcher.

Jusque-là je n'appréciais pas beaucoup cette fille dont l'assurance avait quelque chose d'agaçant. Vêtue de ses éternels survêtements et la casquette vissée sur la tête, visière côté nuque, elle ne mâchait pas ses mots, qu'il s'agisse de remettre en place un élève ou un professeur. Sans avoir une réputation de terreur, elle ne brillait pas par ses résultats. J'avais récolté suffisamment d'ennuis dans mon ancien établissement pour éviter son contact. Quand avait lieu un mauvais coup, elle était plus ou moins impliquée, et les adultes, exaspérés par ses éclats, la tenaient à l'œil. Elle était pourtant sympathique, pas chichiteuse pour deux sous, contrairement aux autres filles de la classe. Pour être honnête, je dois confier qu'elle m'intimidait un peu. On ne savait jamais ce qu'elle était capable de déclarer, les mains sur les hanches et les joues empourprées par l'indignation. En fait, beaucoup parmi nous l'admiraient. Car, sous ses dehors un peu brusques, elle était plutôt jolie. Son nez retroussé lui donnait un air canaille que venait renforcer l'étincelle moqueuse qui animait ses prunelles bleues. Évidemment, aucun des garçons n'avait osé flirter avec elle. Nous redoutions trop la gifle, ou pire, une petite remarque acerbe qui nous ridiculiserait définitivement. Sans ses manières brutales, qui en rebutaient beaucoup, je crois qu'elle n'aurait pas manqué de prétendants.

En quelques secondes, la classe se rassembla autour de la meneuse. Pat plaqua ses cheveux noirs sous sa casquette et nous dévisagea.

« J'ai une proposition à vous faire, dit-elle crânement. Il est évident que nous allons tous rater ce contrôle. »

Des hochements de tête approuvèrent cette entrée en matière.

« Il serait cruel de notre part de décevoir M. Klèctic, continua-t-elle tandis qu'un sourire malicieux s'épanouissait sur ses lèvres. Je vous propose donc de remplir le plus de copies possible. Noircissons nos feuilles d'opérations, multiplions les calculs. Peu importent les résultats. Il faut que notre professeur croule sous la lecture et que ses corrections soient interminables. »

L'incrédulité se lisait encore sur la plupart des visages. Cependant, certains commençaient à ricaner.

« M. Klèctic doit passer une bonne partie de la semaine à déchiffrer nos élucubrations, expliqua cette jeune roublarde. Vous connaissez sa manie : chercher la logique de nos raisonnements pour rectifier nos erreurs. Nous allons le combler. Soyez inventifs, délirants et faites en sorte qu'il se casse la tête jusqu'à Noël en tentant d'y comprendre quelque chose. »

Quelle idée de génie ! Je regrettai de n'avoir pas moi-même songé à une farce aussi perfide. Cette tactique était particulièrement machiavélique. Les cancres rendent le plus souvent une copie blanche. Ce qui conforte l'enseignant dans son idée que le manque de travail est responsable de l'échec. Cette fois-ci, notre bonne volonté ne pourrait pas être mise en doute et le professeur en viendrait peut-être à s'interroger sur sa méthode. Ce n'était certes pas très tendre, mais on se venge comme on peut. Et la situation était trop désespérée pour se contenter de demi-mesures.

Une acclamation salua le discours de Pat, qui accepta ce triomphe avec modestie.

Nous nous précipitâmes vers le préau, soudain pressés de mettre à exécution ce plan. Nous improvisâmes même un concours tandis que le rang se formait. Celui dont le devoir serait le plus abondant serait invité au McDonald's par l'ensemble de la 4e D.

En montant l'escalier derrière M. Klèctic, Pat me donna un coup de coude complice. J'avais peut-être eu tort d'ignorer cette fille.

L'après-midi fut moins réjouissant. Le triomphe de Benoît Mallot – il avait pondu seize pages ! – s'estompa vite. Nous avions deux heures de français avec Mlle Pimbois, notre professeur principal.

Pas un enseignant n'avait souligné mon absence deux semaines avant la date officielle des congés. Pas un, hormis Mlle Pimbois. Elle avait dû faire carrière au FBI avant de se recycler dans l'Éducation nationale. Rien ne lui échappait. Sa préoccupation essentielle était d'obtenir la vérité coûte que coûte. Elle n'était ni tyrannique ni revêche pour autant. La douceur était son arme de prédilection. Et si je dis douceur, c'est que je ne trouve pas le terme exact pour décrire ses intonations et ses manières insidieuses. Si elle vous choisissait pour victime, vous aviez immédiatement l'impression d'être plongé dans un tonneau de mélasse et vous préfériez livrer vos secrets intimes plutôt que de laisser s'éterniser cette torture poisseuse.

Comme nous nous présentions à la porte de sa salle, Mlle Pimbois s'approcha de moi, ou plutôt glissa dans ma direction jusqu'à m'effleurer. D'une corpulence hors norme, elle surprenait par la rapidité de ses mouvements. Elle avait l'allure d'un rouleau compresseur et la dextérité d'un colibri. Plusieurs de mes camarades se plaquèrent contre le mur afin d'éviter son contact. Sa forte poitrine était sanglée dans un chemisier crème dont les boutons menaçaient de vous sauter au visage. Elle posa ses doigts boudinés sur mes cheveux en une caresse qui fit se dresser jusqu'aux poils de mes mollets. De sa voix sirupeuse, elle me demanda si j'étais rétabli. Je savais qu'elle ne me quitterait pas sans avoir le fin mot de l'histoire. Je réfléchis à une vitesse supersonique. Cela relevait de l'exploit vu la situation inconfortable dans laquelle je me trouvais. Si j'optais pour la version maladie, ce mastodonte n'aurait de cesse qu'il n'ait épluché l'ordonnance du médecin, étudié les boîtes de comprimés et procédé à un examen de santé complet. Je devrais aussi lui exposer par le menu les troubles que j'avais ressentis ainsi que les effets du traitement. Aussi pris-je une mine affligée et murmurai-je : « Affaire de famille. »

Ces trois mots ne firent qu'attiser sa curiosité. Mlle Pimbois retroussa ses babines, alléchée par le mystère.

Elle sembla contrôler son envie impérieuse de me soumettre au sérum de vérité, porta la main à son cou et, d'une voix bredouillante d'excitation, m'assura de sa discrétion. Tu parles ! Autant demander à un marteau-piqueur de jouer une berceuse. Elle me guida jusqu'à ma place et me couva d'un œil inquisiteur tout le reste de la séance. C'était comme si je m'étais retrouvé en caleçon au milieu de la classe tant ses yeux me transperçaient. J'étais certain que mes parents recevraient un coup de fil le soir même. Mon *affaire de famille* la faisait saliver. Elle avait tout d'une sangsue qui a déniché sa proie. Je ne pouvais tout de même pas lui déclarer tout à trac que j'étais un sorcier, que j'avais été dans l'obligation de rencontrer Merlin et que, pour atteindre mon but, j'avais accompagné Guillaume le Conquérant lors de la bataille de Hastings. Cet accès de franchise me conduirait tout droit à l'infirmerie, le temps d'alerter un psychiatre qui ordonnerait mon internement définitif.

Lorsque retentit la sonnerie, je me ruai vers la porte. C'était mal connaître mon professeur. Elle m'y attendait déjà, le bras tendu pour barrer le passage.

« N'hésite pas à te confier, mon petit Tom, susurra-t-elle. Cela soulage parfois de vider son sac. Tes professeurs sont là pour t'aider. Et puis il vaut mieux que nous soyons avertis des difficultés que tu rencontres. Cela peut nous rendre plus indulgents. »

À moins de passer aux aveux, j'allais rester la nuit entière en tête à tête avec elle. Je la soupçonnais même d'envisager une séquestration beaucoup plus longue.

Elle m'empoigna d'ailleurs par les épaules afin de permettre aux autres élèves de vider les lieux. Dans une minute, je serais seul avec cette pieuvre !

« Oh ! tout est arrangé, lançai-je avec précipitation. Ma tante Anna est toxicomane. Elle traverse parfois des crises épouvantables. Il a fallu la placer dans un centre. Mes parents ont dû accomplir des centaines de démarches. Mais l'état de la malheureuse s'améliore. Ça fait une semaine qu'elle n'a pas mordu les infirmières du service. »

La mâchoire inférieure de Mlle Pimbois parut se détacher de son visage et ses bras chutèrent le long de son corps. Je la gratifiai d'un merveilleux sourire. Son double menton tremblota.

« C'est vrai, madame, confirma une voix dans mon dos. J'ai accompagné Tom à la clinique, hier. Ma mère connaît bien sa tante. Elle l'a plusieurs fois soutenue dans ses tentatives de désintoxication. »

Ce fut à mon tour d'être stupéfait. Pat n'avait pas suivi le reste de la classe. Elle se tenait à mes côtés, soutenant le regard perplexe de notre professeur.

« Bien, mes enfants, capitula l'ex-espionne tourneboulée par nos révélations. Rentrez chez vous et assurez vos parents de mon soutien. »

Nous filâmes sans demander notre reste. Ce ne fut qu'une fois la grille de l'établissement franchie que nos foulées retrouvèrent un rythme normal.

« J'ai trouvé mon maître, se moqua Pat qui retira sa casquette pour ébouriffer ses cheveux courts. Désormais tu vas passer pour un drogué potentiel.

– J'espère surtout que nos mensonges n'auront pas de répercussion. Imagine la réaction de nos parents s'ils ont vent de cette histoire. »

Pat fit une grimace de clown.

Ma réputation était peut-être perdue, mais j'avais gagné une amie.

Le trajet du bus ne sembla durer que le temps d'un éclair. Nous avions fait plus ample connaissance. Pat m'avait confié qu'elle vivait avec sa mère. Son père les avait quittées depuis des années.

« Il n'a jamais donné de ses nouvelles, avait-elle ajouté en haussant les épaules. Mais je m'en moque. C'est plutôt cool. »

Comme sa mère travaillait dans un centre commercial et qu'elle ne rentrait pas avant 22 heures, l'adolescente avait appris à se débrouiller seule, ce qui n'était pas pour lui déplaire. J'enviai d'abord cet excès de liberté. Puis j'en vins à me dire que ce ne devait pas être si facile et que Pat devait parfois se sentir bien seule. Je ne sais pas comment l'idée naquit, mais, tandis que le bus freinait, je lui proposai de venir prendre un Coca chez moi. Elle accepta sur-le-champ, avec une spontanéité désarmante. Cette fille n'était pas du tout le dragon que j'avais supposé.

Nous nous retrouvâmes sur le trottoir, non loin de ma

rue. J'ajustai les bretelles de mon sac à dos et nous nous mîmes en route vers la maison.

« Pssitt ! »

Ce sifflement venait d'un troène qui longeait un jardin. Je m'immobilisai et scrutai les feuilles disposées en bouquets touffus. Pat n'avait rien entendu. Elle poursuivit son chemin, si bien qu'elle finit par me distancer d'une vingtaine de pas. Comme je n'arrivais pas à percer l'épaisseur des branches, je m'apprêtai à la rejoindre. J'avais sûrement rêvé.

« Quel idiot ! » pesta une voix aux intonations tremblotantes.

Je l'aurais reconnue entre toutes. J'avais l'habitude des plaintes de Tooloo. En fait, il passait un tiers de son temps à râler, l'autre à se vanter et le dernier à bâfrer. Flûte ! J'avais oublié de me ravitailler chez l'épicier. J'aurais droit à une avalanche de reproches. Je me campai sur mes deux jambes, décidé à remettre le gêneur à sa place. Cependant un impératif s'imposa à mon esprit : Pat ne devait pas apercevoir Tooloo et encore moins l'entendre parler.

« Il ne faut pas rentrer, supplia le glouton. Ils t'attendent ! »

Le ton était tellement déformé par la panique que je mis de côté mes préventions. Le bec crochu de mon compagnon émergea de la haie : « Nous devons fuir. C'est affreux. Ils ont surgi sans crier gare. Une minute avant, tout était calme et soudain... »

Je tournai la tête vers ma camarade de classe. Elle m'attendait à l'angle de la rue, intriguée par mon attitude. Un gémissement étouffé ramena mon attention sur Tooloo. Dans l'ombre, j'aperçus ses prunelles dorées. Elles étaient envahies par une terreur sans nom. Je sentis un nœud se former dans mon estomac.

« Je ne comprends rien, m'écriai-je, négligeant toute prudence. Que s'est-il passé ?

– C'est Mordom ! parvint à articuler l'aiglon. Il a envoyé deux créatures. Elles sont chez toi. »

J'allais m'élancer droit vers ma maison où mes parents... Mes parents !

« On ne peut plus rien faire pour eux », acheva Tooloo qui avait suivi le fil de mes pensées.

Je faillis m'écrouler sur le bitume. Le monde vacillait. Lorsque mon vertige stoppa, Pat était devant moi, la bouche béante d'étonnement.

3

Inutile de décrire l'effroi qui me submergea. Était-il possible d'imaginer une tragédie plus affreuse ?

Pat pointait le doigt vers Tooloo.

« Ce... cet aigle. Il... il parle ! » bégaya-t-elle.

Au prix d'un effort d'une violence inouïe, je réussis à prendre sur moi et à émettre quelques mots : « J'ai besoin d'être seul. »

Mon amie, elle aussi, était secouée. Mais j'étais alors incapable de me lancer dans des justifications. Mes jambes flageolaient et mes dents s'étaient mises à claquer.

« Tu te sens mal ? » s'alarma Pat en esquissant un geste pour me réconforter.

Je reculai et balbutiai une excuse. Sans le vouloir, j'avais certainement été rude, car ma nouvelle amie pâlit.

« Je t'expliquerai », finis-je par prononcer d'un air suppliant.

Visiblement, Pat se contrôlait pour ne pas m'assaillir de questions ou m'envoyer promener. Au terme d'une minute de réflexion, elle opina, tout en gardant un silence accusateur. Puis la jeune fille me tourna le dos et s'éloigna. Je pouvais faire une croix sur notre bonne entente.

Si nous avions été des copains de longue date, j'aurais pu sauver notre relation. Nous nous serions rabibochés un peu plus tard. Mais, connaissant le caractère soupe au lait de Pat, je savais que je venais de torpiller cette amitié naissante. Je la vis bifurquer au carrefour.

Mon état ne s'était pas amélioré. J'étais assommé, incapable d'aligner deux idées cohérentes.

« Viens », intima Tooloo en s'extirpant des buissons.

Je le bénis intérieurement pour cette initiative car j'étais, quant à moi, dans l'impossibilité de prendre une décision. Comme un automate, je fis demi-tour et le suivis jusqu'à une résidence dont le parc arboré était ceinturé de hautes clôtures. J'empruntai la rampe de ciment qui s'enfonçait vers le parking et m'accroupis contre la lourde porte de métal. À l'abri du parapet, nul ne pouvait me voir. Les sangles de mon sac sciaient mes épaules, mais je ne songeai même pas à le déposer à terre. Il fallait que je reste immobile afin d'assimiler les informations de Tooloo. Mon compagnon se plaqua contre mes jambes, sans chercher à entamer une conversation. Il avait compris que j'étais trop anéanti pour prononcer le moindre mot.

Mordom Horpilleur ! Ces mots résonnaient sous mon crâne, paralysaient toutes mes facultés. J'avais l'impression d'avoir basculé dans un gouffre où seules rougeoyaient les syllabes de ce nom maudit. Et puis un vide creusa ma poitrine. Le visage de mes parents flotta devant mes yeux avant de retourner au néant. La douleur fut si fulgurante qu'elle me cassa en deux. Pourquoi avais-je quitté la maison en faisant la tête ? Je ne leur avais même pas dit au revoir. Ils avaient emporté de moi le souvenir d'une mine boudeuse. La culpabilité accrut encore ma peine, si cela était possible. Mais la détresse était tellement aiguë qu'elle m'ôtait jusqu'au soulagement des larmes.

Je ne sais pas combien de temps je demeurai ainsi prostré, mais la nuit commençait à tomber lorsque je redressai la tête. Succomber au désespoir, c'était trahir les miens et accorder la victoire à Mordom. Il me fallait ne pas céder à la panique. Si je pensais que j'étais peut-être orphelin, j'étais perdu.

Je dévisageai Tooloo comme on s'agrippe à une bouée de sauvetage.

« Enfin ! s'exclama mon aiglon dont les serres cliquetaient sur le sol. J'ai cru que tu étais en transe. En Inde, certains religieux se réfugient dans la méditation. Ces illuminés quittent le réel pendant plusieurs jours. Leur corps n'est plus qu'une enveloppe vide et on ne peut plus les atteindre.

– J'aimerais posséder un tel don, articulai-je avec difficulté.

– Ne dis pas de bêtises. Ces moines en arrivent à ne plus se nourrir. Ce sont des sacs d'os à la peau toute racornie. Moi, je trouve ces pratiques inhumaines. »

À travers son bavardage, Tooloo cherchait à sonder mes réactions. C'était sa façon maladroite de compatir.

Je lui décochai un faible sourire en signe de remerciement. Pourtant, son détachement apparent m'intrigua. Avais-je tiré des conclusions trop hâtives ?

« Si tu me racontais ce qui est arrivé ? » demandai-je, sans dissimuler mon anxiété.

Il acquiesça, soudain grave : « Tu sais que ton père avait pris sa journée. Nous avons triomphé du poster et nous nous préparions à nous rendre au centre commercial pour acheter quelques coussins. Selon ta mère, en les éparpillant dans la pièce, nous aurions obtenu un effet redoutable. Le summum du luxe. »

Les paupières du volatile papillonnaient à cette évocation. Je renonçai à l'interrompre. Le meilleur moyen de conduire le récit à son terme était de ne pas s'insurger contre sa manie des parenthèses. De plus, j'interprétais ces détours comme une preuve que l'irréparable avait été évité. Le volatile s'était attaché à ma famille et, face à sa disparition, il n'aurait pu affecter ce calme. À moins qu'il ne cherchât à retarder le moment des aveux ?

« Nous avons déjeuné en planifiant les démarches de l'après-midi. Nous nous félicitions par avance du résultat. Quand tes parents ont pris leur café, je suis retourné dans ma chambre pour me convaincre une dernière fois de la justesse de mon choix. L'Himalaya déployait sa majesté blanche sur toute la cloison. Je respirais presque l'odeur de la neige. Afin d'avoir une vue d'ensemble, je me suis placé dans un recoin, entre la fenêtre et le bahut. C'est un véritable miracle que je me sois trouvé à cet endroit. J'étais en partie dissimulé par le meuble, de sorte que les créatures n'ont pas noté ma présence. Elles se sont matérialisées en un clin d'œil. Une seconde auparavant l'espace était vide, et brusquement, elles étaient là. Je me suis plaqué contre le mur, le souffle coupé. Un pur réflexe. Heureusement, ces monstres n'ont pas inspecté les lieux, sinon j'étais cuit. Apparemment, ils savaient ce qu'ils faisaient et comptaient sur notre saisissement. J'eus à peine le temps de les apercevoir qu'ils se ruaient déjà vers la cuisine. On aurait dit deux machines de guerre, créées pour intervenir avec efficacité, sans le moindre état d'âme. Je n'ai pu distinguer que les combinaisons mi-cuir, mi-acier dont ils étaient revêtus. De ma cachette, j'ai entendu des hurlements. Leur irruption a pris tes parents de court. De toute façon, je ne vois pas ce qu'ils auraient pu tenter contre de tels démons. En moins d'une minute, les bruits ont cessé. Je ne savais plus quoi faire. Courir à la rescousse des malheureux me paraissait suicidaire. Quant à rester caché, ce n'était guère plus judicieux. Je craignais que les créatures ne retournent la maison de fond en comble afin de te découvrir. Car il ne faisait aucun doute que c'était toi qu'elles étaient venues chercher. Je ne tarderais donc pas à être capturé si je ne trouvais pas d'issue. J'ai regardé la fenêtre. C'était mon unique chance de salut. Si je parvenais à l'ouvrir, je pourrais leur échapper. Avec témérité, j'ai d'abord gagné la porte pour observer ce qui se passait. Les envoyés me tournaient le dos. Ils avaient jeté un sort à tes parents. Ils semblaient avoir été transformés en statues. Les traits de ta mère étaient tordus par la peur. On aurait dit qu'un masque de gargouille lui recouvrait le visage. Ton père, lui, ébauchait encore un geste de défense. Il avait l'avant-bras tendu, les poings serrés. Alors... »

Tooloo marqua une pause. Il inclina la tête. À nouveau, les émotions se déchaînaient en lui. Il s'appliqua à mener à bien son compte-rendu. Mon cœur s'emballait. Nous avions repoussé l'instant de vérité jusqu'à son extrême limite.

« Alors, une des créatures a brandi un appareil en direction de tes parents. C'était un boîtier noir, semblable à une télécommande. Un rayon a jailli. Il a enveloppé ton père et ta mère d'un halo verdâtre. J'ai failli hurler tant ce spectacle était insoutenable. J'ai assisté à la désintégration de Mathieu et de Sophie. Ils se sont volatilisés, envolés. »

Un sanglot déchira ma poitrine. Je suffoquai comme un poisson hors de l'eau, bouche ouverte, à la recherche de l'air.

« Tu sais, murmura Tooloo, je ne crois pas qu'ils soient morts. Si ces guerriers avaient eu pour mission de les abattre, ils auraient sûrement accompli leur crime dans la cuisine. Quel besoin avaient-ils de les paralyser ? De les amener dans le salon ? En fait, je pense que tes parents ont été téléportés.

– Téléportés ! »

Cette interprétation des faits était-elle vraisemblable ? Je m'y cramponnai de toutes mes forces. Mon seul désir était de me laisser convaincre.

« La couleur du rayon est un indice assez concluant, exposa Tooloo. N'as-tu pas souvent parlé de cette lumière verte qui accompagne tes voyages dans le temps ?

– Mais pourquoi ? »

L'aiglon fit claquer son bec.

« Réfléchis, poursuivit-il. Si, comme je le crois, ces deux êtres étaient dirigés par Mordom, ils en voulaient à ta personne. Ayant échoué, ils se sont emparés de tes parents. Quel meilleur moyen de pression ? Désormais tu es coincé. Le génie du mal peut exercer son chantage. »

Oui, le plan était clair. Mes parents vivaient. Ils vivaient parce qu'ils étaient la seule arme dont disposait Mordom. Cette fois, j'étais pieds et poings liés, totalement à la merci de mon ennemi. Une main de glace enserra ma nuque. Je n'avais plus qu'à me rendre. Peut-être ainsi les miens seraient-ils épargnés ? En un besoin impulsif, je me relevai, prêt à galoper chez moi. Mon élan se brisa. En me livrant, empêcherais-je Mordom de sacrifier ma famille ? Ce démon était-il accessible à la pitié ? Je devenais fou. Quoi que je tente, le piège se refermait sur moi. Il me fallait demander conseil. Passer la nuit devant une entrée de parking n'offrirait aucune solution. Je serrai les pans de mon blouson contre ma poitrine sans parvenir à atténuer la sensation de froid qui m'engourdissait. Je n'avais pas l'habitude d'être pris au dépourvu dans l'univers familier qui constituait ma vie à Tours. C'est certainement ce qui expliquait la confusion qui régnait dans mon esprit. Au cours de mes aventures, je m'en étais plutôt bien sorti. Mais j'étais alors plongé dans un monde étranger et mes sens restaient en alerte. Aujourd'hui, mon quotidien s'écroulait et cela me pétrifiait.

Je décidai de parer au plus pressé : nous mettre à l'abri. Mais déguerpir me paraissait d'une lâcheté révoltante. Je devais en apprendre davantage sur le sort réservé à mes parents. De plus, où aurais-je fui ? La maison de tante Anna était à des kilomètres et l'arrivée des envoyés de Mordom ne m'incitait pas à traverser la forêt maléfique qui l'entourait. Et encore aurait-il fallu que je me souvienne du trajet ! Quant à commander un taxi, comment lui fournir une adresse ? Une maison de bois, nichée au creux d'une prairie que vient mouiller un lac aux eaux sombres. Plutôt vague, comme description. Le plus simple était de me glisser jusqu'à ma chambre et de récupérer la boule de cristal que m'avait confiée ma tante. Par son intermédiaire, je la contacterais et m'en remettrais à son avis. Simple, si l'on peut dire, car cela signifiait m'introduire dans ce qui avait été mon foyer et qui n'était plus désormais que le repaire des forces du mal.

« Alors ? s'impatienta Tooloo, les pupilles fixées sur moi. J'espère qu'après ce moment d'intense cogitation tu vas nous suggérer une manœuvre géniale. Je suis tellement frigorifié que mon squelette joue des percussions. Un véritable concert.

– Tentons notre chance auprès de Mme Brulard, la voisine. Si nous nous montrons assez convaincants, elle nous donnera asile.

– À condition de trouver un bobard en béton, jugea l'oiseau. Cette vieille grincheuse va sauter sur l'occasion et appeler tous les services d'aide à l'enfance de la ville. Elle sera trop heureuse d'intenter une action contre tes parents. Dans une heure, tu es placé à la D.A.S.S. et moi à la S.P.A.

– Nous ne pouvons pas quitter les lieux sans en savoir plus, plaidai-je. Et puis, je dois trouver le moyen d'utiliser la boule de cristal de tante Anna.

– Nom d'un chaudron percé ! Tu ne comptes tout de même pas te faufiler dans la maison ! Les créatures vont te découper en lamelles si fines que tu auras tout l'air d'une devanture de charcutier. Et encore, ce traitement prouverait une grande mansuétude de leur part. »

Mon compagnon détailla tous les sévices possibles – et même ceux qui l'étaient moins – pendant une bonne dizaine de minutes. Tooloo avait toujours eu beaucoup d'imagination lorsqu'il s'agissait de remonter le moral des troupes. Je cessai rapidement de prêter l'oreille à ses mille et une manières de trépasser. Grand bien m'en prit, car ce fut l'illumination. Bien sûr ! Comment n'y avais-je pas pensé plus tôt ? La maison à vendre ! Voilà l'endroit idéal. Cette villa, située au bout de ma rue, attendait des acquéreurs. Depuis que nous avions aménagé, elle était inoccupée. Il suffisait de s'y introduire et d'attendre le moment propice pour faire une petite excursion jusqu'à mon placard.

« Suis-moi ! ordonnai-je, coupant la parole à mon aiglon qui n'avait toujours pas achevé sa liste macabre.

– Minute, papillon ! se récria-t-il avec dignité. J'exige d'être renseigné sur nos objectifs. Mes exploits d'antan n'impliquent pas... »

Je marchais déjà d'un pas vif.

« Ne me laisse pas devant ce parking, geignit l'oiseau en me rejoignant. Tout le monde sait que les psychopathes affectionnent ce genre de décor. Si je suis victime d'un tueur en série, tu n'auras plus aucun allié et, sans ma précieuse collaboration, tu seras dans de sales draps. »

4

LES RÉVERBÈRES crachotaient leurs faibles lueurs. L'asphalte de la chaussée luisait comme le dos d'un énorme scarabée et, sur le pavé des trottoirs, gisait le reflet brisé de la lune.

Depuis un quart d'heure l'impasse était déserte. Les habitants semblaient s'être calfeutrés chez eux, conscients de l'hostilité nocturne. Le crépuscule avait tué toute activité. Seul un vent violent parcourait l'espace de son haleine glacée. Il heurtait les façades, ratissait les pelouses, bondissait d'un perron à l'autre avec une énergie décuplée. Il frappa de son poing les volets vermoulus qui lâchèrent un gémissement sinistre. Le choc me fit sursauter et je réprimai de justesse un cri. À l'autre bout de la pièce, un froissement de plumes attira mon attention. Recroquevillé contre la vieille cheminée de marbre, Tooloo grelottait. Il osait à peine battre des ailes pour se réchauffer. Lorsqu'il découvrit que je l'observais, mon aiglon murmura d'une voix hachée : « Tu es sûr qu'on ne peut pas brûler quelques morceaux de bois ? Après tout, personne n'ira se plaindre si nous débarrassons cet endroit de ses gravats. Je parie que les poils d'un balai n'ont pas chatouillé ce plancher depuis des siècles. Les propriétaires, s'ils existent encore, ne devraient pas faire d'histoires.»

Je quittai mon poste d'observation et traversai ce qui, autrefois, avait dû servir de salon. Des morceaux de plâtre crissaient sous mes semelles et il me fallut enjamber un tas de planches poussiéreuses pour rejoindre mon compagnon.

Je ne pouvais pas lui donner tort: notre refuge était sordide. Pourtant il avait deux atouts qui me le faisaient préférer à n'importe quel palace. D'abord nous y étions en sécurité. Ensuite, ses fenêtres plongeaient directement sur ma propre maison. Derrière les carreaux fêlés, entre les volets entrebâillés, je distinguais sa forme trapue. Ainsi, aucun signe de vie ne m'échapperait. Si les créatures de Mordom se manifestaient, je les repérerais aussitôt.

J'avais souvent contemplé cette villa sans me douter de son état de délabrement. La façade était plutôt pimpante. Évidemment, l'intérieur expliquait l'échec des agences immobilières à trouver un acheteur. C'était sur ses plates-bandes que tante Anna avait métamorphosé notre irascible voisine, Mme Brulard, en nain de jardin. J'étais loin d'imaginer alors que j'en fracturerais la porte et m'y installerais à l'insu de tous.

Nous avions fait un énorme détour pour atteindre cette masure par l'arrière. Et ce n'est qu'après avoir escaladé un muret que nous nous étions avancés dans le jardin. Il avait fallu plusieurs fois écarter des branches griffues pour progresser jusqu'au mur de brique. Pas de fenêtre de ce côté de la bâtisse. J'étais sur le point de renoncer quand Tooloo m'avait fait remarquer une porte à la peinture écaillée. Devant l'épaisseur du bois, j'avais douté d'un succès. En fait, deux ou trois secousses avaient suffi à ébranler le panneau. Alors, excité, je m'étais jeté de tout mon poids contre l'obstacle. Il avait cédé en un craquement sinistre.

« Waouh ! s'était extasié mon compagnon, tu as pris des leçons de musculation ou ce sont les termites qui ont festoyé dans les parages ? »

L'obscurité nous avait avalés, tels deux voleurs. Une odeur de moisi et d'humidité avait assailli mes narines. Nous avions traversé la cuisine. Un évier de faïence fendu indiquait la fonction de cette pièce. Nos pas résonnaient dans l'espace inoccupé. Avec des précautions infinies, nous étions enfin parvenus dans une pièce de dimensions modestes, que l'éclairage de l'impasse baignait d'un éclat bleuté. Ainsi que je l'avais escompté, je bénéficiais d'un panorama imprenable sur la maison familiale. Il ne nous restait plus qu'à patienter jusqu'au moment adéquat.

« Si nous allumons un feu, nous risquons de nous faire repérer, confiai-je en chuchotant malgré moi.

– Quand je songe que ma chambre n'est qu'à quelques mètres, reprit l'oiseau, j'ai des envies de meurtre. »

Je lui proposai de venir se blottir dans mon blouson : nous nous tiendrions chaud mutuellement. Il obtempéra sur-le-champ. En fait, nous avions autant besoin de réconfort que de chaleur, mais nous n'osions l'avouer ni l'un ni l'autre. Je repris donc mon guet dans un silence pesant.

« Crois-tu qu'ils soient encore là ? demandai-je d'une voix mal assurée.

– D'après ce que je sais de Mordom, ses envoyés préféreront pourrir sur place plutôt que de rentrer bredouilles. »

Je n'avais rien à rétorquer. Mon aiglon avait énoncé une évidence. Pourtant, je ne percevais aucun mouvement dans la villa. Les vitres, que la nuit rendait opaques, voilaient totalement l'intérieur. Peut-être les deux monstres guettaient-ils, eux aussi, la rue. Peut-être qu'en ce moment même leur regard s'arrêtait sur notre cachette. Cette idée me glaça le sang. J'eus l'impression qu'ils pouvaient voir à travers les murs. Je m'attendais presque à ce qu'ils surgissent, la face convulsée en une expression de triomphe.

C'est à cet instant que je crus entendre un léger grincement. Je tendais l'oreille, emporté par une vague d'angoisse. Les secondes s'étirèrent, mais le bruit ne se renouvela pas. C'était sans doute une illusion. J'étais trop tendu, mon esprit me jouait des tours. Mes muscles commençaient à se décontracter, quand un second grincement, à peine plus sonore que le premier, monta dans les ténèbres. Ça venait de la cuisine. Cette fois il n'y avait plus à hésiter : quelqu'un s'était introduit dans la vieille baraque ! Le corps de Tooloo se raidit contre mes côtes. Lui aussi avait entendu. Que faire ? Si je me précipitais dans la rue, je risquais de tomber sur une créature. Elles avaient certainement manœuvré pour m'encercler. Tandis que l'une passait par l'arrière, l'autre se terrait sans doute dans le noir pour fondre sur moi dès ma sortie. Le sang cognait à mes tempes. Je m'aplatis contre la fenêtre, priant pour qu'un miracle s'accomplisse et que je m'évanouisse dans les airs. L'énergie magique crépita dans ma cervelle. Je n'avais pas éprouvé cette sensation depuis des semaines. Mes pouvoirs ne dépendaient plus de mon contrôle et voilà que sous l'effet de la peur ils réapparaissaient. Hélas, ce n'était qu'une étincelle vacillante, dérisoire, un flux si ténu qu'il était inutile d'espérer l'employer pour confectionner un quelconque sortilège. Oh ! bien sûr je pouvais déchaîner la magie à l'aveuglette, me concentrer pour qu'explose sa puissance. L'ennui était que j'ignorais tout du résultat. Je pouvais aussi bien créer une souris blanche vêtue d'un frac que pulvériser le quartier. Mieux valait donc m'abstenir. En fait, j'étais la proie idéale, aussi démuni qu'un nourrisson. Pendant ce temps l'ennemi approchait. Il avait rejoint le hall. D'une seconde à l'autre, il serait devant moi. Le manque d'air faisait souffrir mes poumons, mais j'étais incapable d'inspirer. Une silhouette se découpa dans l'embrasure de la porte. Un cri s'étrangla dans ma gorge. C'en était fait, adieu Tom Cox !

« Tom ! »

Je n'ai pas défailli, j'ai juste glissé le long du mur pour m'affaler sur le sol. Ce n'était pas un adversaire féroce qui me faisait face, mais ma camarade de classe, Pat. La peur en s'éclipsant me laissait hagard, les membres à l'état de chiffe.

« Aïe ! grommela discrètement Tooloo que j'avais meurtri dans ma chute. Il faut envisager un régime. J'ai cru passer sous un bulldozer. »

La jeune fille agrippait mon blouson et le secouait avec vigueur.

« Qu'est-ce que tu fais là ? balbutiai-je.

– C'est plutôt à toi qu'il faudrait poser cette question.

– J'avais précisé que je voulais être seul. »

Les sourcils de l'adolescente se froncèrent. Elle poussa un profond soupir et planta ses poings sur ses hanches.

« Je n'abandonnerai jamais un ami, affirma Pat, butée. J'ai compris qu'il était arrivé quelque chose, tu avais le moral dans les chaussettes. Je n'ai pas pu rentrer chez moi et faire comme si de rien n'était. Je ne me le serais jamais pardonné. J'ai rebroussé chemin juste à temps pour t'apercevoir te diriger vers le parking de la résidence. J'aurais souhaité intervenir plus tôt, mais tu semblais si désemparé. Lorsque tu t'es remis en route, ma décision était prise. Tu sais que ma mère ne rentre pas avant vingt-deux heures. Je peux te consacrer un peu de mon temps libre. J'avoue que j'ai eu la frousse quand je t'ai vu violer une propriété privée. Mais la curiosité a été la plus forte. »

Elle s'interrompit et fixa mon aiglon d'un regard aigu.

« Maintenant, j'exige des explications. »

5

Après tout, pourquoi ne pas partager mes angoisses avec Pat ? Il fallait bien que ma douleur s'exprime. Je sentais toujours ce nœud à l'estomac qui, par moments, pesait comme une pierre. Bien sûr, je la connaissais peu, mais Pat avait montré un sang-froid et une détermination assez rares. Avoir patienté tout le temps que je recouvre mes esprits, puis m'avoir pris en filature et, enfin, s'être faufilée jusqu'ici, voilà qui dénotait une exceptionnelle ténacité. Si elle était aussi dévouée envers chacun de ses amis, Pat méritait une médaille. Peut-être comprendrait-elle mes tourments ? Je ne risquais pas grand-chose à lui brosser le tableau des événements. Au pire, elle me rirait au nez ou me conseillerait une cure de sommeil afin de soigner mon surmenage. Seulement, je n'avais pas envie de passer pour un rigolo. Mes nerfs étaient à vif et la perspective de devoir supporter les éventuelles railleries de la jeune fille me semblait insurmontable. J'avais peur de craquer, et vu la situation, il fallait coûte que coûte que je conserve ma lucidité. Si je laissais libre cours à mes émotions, je serais aussi efficace qu'un plat de nouilles.

Elle s'était assise en tailleur, à même le plancher poussiéreux. Ses yeux bleus enregistraient chacun de mes mouvements. Pourtant, elle ne laissait paraître aucun signe d'impatience. Non, ce n'était pas une curiosité malsaine qui l'avait guidée jusqu'à moi.

Je devais faire le tri, présenter mon histoire sous un jour crédible. Si je commençais par confesser que j'étais un sorcier, ma camarade se braquerait. Je répugnais cependant à m'engager sur la voie du mensonge. Pat avait été honnête avec moi et le souci qu'elle montrait à mon égard m'incitait à ne pas rompre la franchise qui avait guidé nos premiers échanges. Hélas, j'avais bien conscience que ce que j'avais à dire était franchement abracadabrant.

« Des gens se sont introduits chez moi, déclarai-je. Ils ont kidnappé mes parents et espèrent bien mettre la main sur moi. »

Ce début de confession m'avait éprouvé. Ce n'était pourtant que la partie immergée de l'iceberg, l'aspect le plus présentable. La sueur coulait le long de mon dos. Mais il suffisait d'entrouvrir les vannes pour que la parole se libère et ce fut avec une facilité relative que j'enchaînai : « Tooloo, mon aiglon, a assisté à cet enlèvement. Heureusement, il a pu s'échapper. Je dois maintenant absolument récupérer un objet qui se trouve dans ma chambre. C'est pourquoi je fais le guet. Lorsque j'aurai l'objet en question, je contacterai ma tante Anna qui trouvera une solution. »

J'étais plutôt content de ma tirade. À mes yeux, elle dévoilait les éléments les plus anodins de l'affaire. Pas de quoi terroriser ma camarade. Sans doute serait-elle abasourdie, mais elle ne tournerait pas les talons pour s'enfuir.

Le visage de Pat paraissait aussi lisse que du marbre. Elle demeura muette une minute, puis les ailes de son nez frémirent. Elle ouvrit la bouche et me demanda avec un calme étudié : « Tu veux parler de ta tante droguée, celle qui séjourne en centre de désintoxication. »

Je compris alors à quel point je m'étais trompé. Mes explications n'avaient rien de banal. La jeune fille me prenait pour un menteur professionnel. Je voulus rattraper le coup, ce qui causa ma perte.

« Tante Anna est une personne très sensée. Il ne faut pas tenir compte du bobard que j'ai servi à Mlle Pimbois. De toute façon, Max, son lézard, participera à la discussion. Dès que la boule de cristal sera en ma possession, je les mettrai au courant. Ils ont l'habitude de Mordom et de ses envoyés. Ils décideront de mon départ pour le Pérou et... »

Je m'interrompis, pétrifié. J'aurais mieux fait d'avaler ma langue plutôt que de débiter ce fatras inacceptable aux oreilles d'un simple humain. Un fin sourire se dessinait sur les lèvres de Pat.

« Pour résumer, articula-t-elle posément, des criminels ont amené tes parents au Pérou, mais ce n'est pas trop grave car, grâce à une boule de cristal, tu vas pouvoir les rejoindre. »

Je courbai la nuque. Que répondre à cela ? Plus je

donnerais de justifications, plus je passerais pour un dément.

« Permettez-moi d'intervenir. » Tooloo s'avançait en secouant son plumage. « Vous vous emmêlez les pinceaux. Les parents de Tom ne sont pas au Pérou. Nous supposons que les créatures qui l'attendent dans sa villa les ont expédiés chez leur maître, Mordom Horpilleur. De plus, nous n'irons pas en Amérique du Sud grâce à la boule de cristal de tante Anna. Ce serait aussi stupide qu'irréalisable. Voyagez-vous par téléphone ? Soyons raisonnables. Il convient d'ouvrir une Porte. Alors le tour sera joué. »

Seigneur ! Pourquoi ce maudit oiseau ne pouvait-il s'empêcher de mettre son grain de sel ? Pat semblait en état de choc. Elle battait des paupières, prête à croire qu'elle avait des visions.

« Ce n'est pas un mainate ou un perroquet, souffla-t-elle. Il parle réellement.

– Un perroquet ! s'enflamma mon aiglon outré. Vous pourriez rester polie. Est-ce que je vous traite de péronnelle ? Nous n'avons pas de leçons à recevoir d'une délurée, attifée comme l'as de pique ! »

Il était temps que je réagisse. Si l'échange s'envenimait, j'aurais bientôt une bagarre sur les bras. L'adolescente n'était pas du style à encaisser les injures sans répliquer.

« Je ne te demande pas de nous croire, affirmai-je à l'adresse de Pat. Je préférerais d'ailleurs que tu restes en dehors de tout cela. C'est beaucoup trop dangereux. Je te remercie pour ton amitié, mais tu ferais mieux de partir. D'ailleurs il faut que je retourne à mon poste d'observation. »

Sans attendre, je me redressai et me plantai devant la fenêtre, tournant ostensiblement le dos à ma camarade. Mon attitude était vexante, mais à ce stade, aucune déclaration ne convaincrait la jeune fille. Je priai simplement pour qu'elle s'abstienne de tout commentaire et évacue les lieux. Tant pis si j'avais l'air fou à lier. Je ne retournerais pas au collège et je n'aurais plus à tenir compte de l'opinion de Pat Malouche.

Quelques lattes du plancher geignirent. Pat se levait.

« Bravo ! s'exclama-t-elle. La comédie était parfaite. »

Sa voix vibrait dans la pièce vide. J'entendis ses pas décroître en direction du hall.

« Tu es un excellent mythomane, cracha-t-elle, furieuse. Et ton plumeau parlant aussi. Mais je déteste qu'on se paie ma tête. Je me suis inquiétée pour toi. Ce n'est vraiment pas charitable de s'amuser avec les sentiments d'autrui. Je vais de ce pas sonner à ta porte. On verra bien si ce sont tes parents qui me répondent ou des espions péruviens. »

Je m'élançai pour la retenir, mais déjà le battant de chêne claquait.

« Elle n'a rien compris, commenta Tooloo. Il faudra reprendre notre récit à zéro. »

J'ouvris la porte d'entrée, secoué de frissons. Pat était

au milieu de la chaussée et fonçait droit vers la mort. Je m'élançai à sa poursuite. Le flux magique grésilla sous mon crâne. Un éclair aveuglant brouilla ma vue. Je trébuchai sur la pelouse et m'étalai de tout mon long. Tooloo vola jusqu'à moi : « Debout ! Ce n'est pas l'endroit idéal pour tomber dans les pommes. Ta copine déchiffre les boîtes aux lettres. Elle va bientôt trouver notre maison et il sera trop tard pour la sauver. »

L'herbe était humide. La paume de mes mains dérapa. J'étais encore sonné par cet assaut intempestif de mes pouvoirs. Pourquoi bouillonnaient-ils ainsi ? Je n'avais pas produit le moindre effort de concentration. C'était tout à fait anormal. D'une démarche zigzagante, je parvins à gagner le trottoir. Pat était devant chez moi, penchée sur le petit cube métallique où le facteur déposait le courrier. Elle lisait l'étiquette. Mes jambes se mirent à courir presque sans que j'en aie conscience. Mon amie empruntait l'allée de gravier qui conduisait jusqu'au perron. J'aurais voulu crier, mais mes appels auraient alerté les créatures. Il était impératif de la rejoindre avant qu'elle appuie sur la sonnette. Plus que deux marches ! Mon cœur explosait. J'étais en bas de l'escalier de ciment et je voyais la main de Pat s'avancer vers la sonnette. En une ultime poussée, je me propulsai jusqu'à la jeune fille. Je levai le bras, agrippai son poignet...

Le tintement cristallin de la sonnette se fit entendre.

J'étais à bout de souffle. Pat se débattait. Il y eut alors un claquement : on tournait le verrou de l'intérieur. Nous n'avions plus le temps de nous cacher. La porte s'entrebâilla, et un visage atroce surgit dans l'encadrement. Tooloo n'avait pas menti : les créatures étaient monstrueuses. Il avait juste omis un détail qui nous révulsa. De leurs yeux ne subsistaient que des orbites creuses. Deux trous noirs dépourvus de globes oculaires ! L'envoyé de Mordom braqua sur nous ses cratères brûlés, comme s'il pouvait nous voir malgré l'absence d'œil. Pat hurla, reculant d'horreur. Le guerrier sortait déjà un boîtier de sa combinaison, prêt à nous téléporter, quand la scène se déroba. Mon corps fut submergé en un éclair par un flux d'énergie magique d'une violence telle que mes tympans éclatèrent. Dans le brouillard qui m'enveloppait, je distinguai à peine un rectangle lumineux d'un vert intense. Il s'interposait entre nous et la créature. Instinctivement, j'y plongeai, entraînant avec moi mes deux compagnons. Le rayon maléfique fusa, mais avec une fraction de seconde de retard. Nous avions franchi la Porte !

6

« PAR LES FRISETTES du griffon fourchu ! jura Tooloo en se traînant jusqu'à moi, ça décoiffe. Je crois que je ne m'y ferai jamais. Je ne sais pas qui a inventé ces voyages temporels, mais il aurait dû être plus sourcilleux sur le confort ou intégrer un système de freinage. J'en ai plus qu'assez de m'écraser comme une crêpe à chaque atterrissage. »

J'acquiesçai à grand renfort de gestes, car, lors de notre chute, ma mâchoire inférieure s'était refermée sur ma langue, au risque de la sectionner. C'était douloureux, mais je ne m'étais que légèrement coupé. Heureusement, le sang coulait peu, cependant j'avais l'impression d'avoir une balle de tennis dans la bouche, ce qui ne facilitait pas la communication. J'exhibai ma blessure à Tooloo afin qu'il ne se vexe pas de mon mutisme.

« Au moins, tu ne nous soûleras pas avec des bavardages inconsidérés, commenta-t-il. Tu devrais aussi jeter un œil sur la demoiselle en survêtement. Elle a l'air d'être évanouie, mais je ne suis pas médecin. Mieux vaudrait s'assurer qu'elle n'est pas dans le coma avant de détaler. »

Je me retournai vers Pat, qui gisait inconsciente sur le

sol de terre battue. Son teint blême ne me disait rien qui vaille. La téléportation l'avait sans doute commotionnée, ce qui me paraissait normal. Lors de mon premier trajet, j'avais moi aussi perdu connaissance. Ce qui m'inquiétait davantage, c'était le souvenir d'un avertissement proféré par tante Anna lorsque mes parents avaient voulu m'accompagner en Égypte. Tout humain qui franchissait une Porte risquait la désintégration. Or, ma camarade n'était pas une sorcière. Néanmoins, elle était toujours à mes côtés et sa poitrine se soulevait doucement, preuve qu'elle respirait encore. Avec tous les dérèglements qui affectaient mes pouvoirs, ce n'était qu'une anomalie supplémentaire. Pour l'instant, j'étais plutôt ravi que le flux magique se soit interposé entre les créatures de Mordom et notre trio. Sans ce sortilège inattendu, nous aurions été en fâcheuse posture.

« Elle revient à elle, s'alarma mon aiglon. Vite, partons nous cacher. »

Je le regardai avec incompréhension. Suggérait-il d'abandonner la jeune fille ? Le volatile dut lire un reproche dans mon attitude car il tenta immédiatement de se justifier : « D'accord, ce n'est pas très courtois. Mais ta copine est une sacrée chercheuse d'embrouilles. Elle m'a traité de façon ignoble. Heureusement que je sais montrer de la grandeur d'âme. Je consens à lui pardonner ses écarts de langage. Cependant, réfléchis bien avant de nous encombrer de cette pimprenelle. Sans son intervention, nous ne serions pas ici. »

Et il se drapa dans une dignité boudeuse.

L'égoïsme de mon oiseau était exaspérant. J'avais presque envie de le prendre au mot et de faire mine de m'éclipser. Je sonderais ainsi sa précieuse grandeur d'âme.

« Tu as raichon. Qu'elle che débrouille cheule, mentis-je. Dichparaichons avant qu'elle ouvre les faufières. »

Un haut-le-corps souleva Tooloo. Avait-il saisi le sens de ma phrase malgré mes problèmes d'articulation ?

« Oh ! que c'est lâche ! gronda-t-il. Cette malheureuse enfant ne survivra pas sans notre secours. Si tu obéis à tout ce que je propose sous le coup du stress, nous courons à la ruine. Je pensais que tu avais un peu plus de cervelle. Il va falloir que je cogite pour deux. Ce qui ne sera pas aisé vu mes penchants à la précipitation. Enfin, mon Q.I. élevé compensera cette faiblesse. Ta bassesse me répugne et si je n'étais pas ton ami...

– Je prochédais juchte à un techt, répliquai-je. Hichtoire de voir juchqu'où irait ta pitié. »

L'aiglon déglutit avec difficulté. Puis il se recula, mortifié.

Un râle monta de la gorge de ma camarade. Elle remua la tête en bredouillant quelques mots inaudibles. Je saisis sa main. Ce contact la réconforterait peut-être.

« Fat, murmurai-je, tu m'entends ? Ch'est Tom. Nous chommes... »

Je m'interrompis. Où étions-nous ? Je n'en avais pas la moindre idée. La Porte nous avait-elle conduits au

Pérou ? Ou avions-nous mis le pied sur un autre monde ? Je cherchai autour de moi des indices qui puissent me donner une piste. C'était la première fois depuis notre arrivée que je faisais attention au décor. Nous nous étions matérialisés dans un local plutôt étroit, cerné de murs de brique et bas de plafond. Je n'avais pas noté jusqu'ici que nous étions dans une pièce car une large ouverture déversait sur nous un flot de lumière. L'obscurité dissimulait le reste du réduit. Cet abri semblait d'une facture rudimentaire. Ni fenêtre, ni porte à proprement parler. La découpe où s'encadrait le jour était percée à même le bâti. Je plissai les yeux afin de mieux discerner les cloisons. Une sorte d'enduit granuleux les recouvrait, d'un brun foncé tirant sur le noir. Une odeur fétide en émanait. J'avais été trop occupé jusqu'alors pour la remarquer. Maintenant, elle me prenait à la gorge et me donnait envie de vomir. Le sol, lui aussi, portait des traces de cette croûte nauséabonde. C'était comme si nous étions plongés dans un boyau de matière organique. Une onde de répulsion m'obligea à quitter ma compagne pour aspirer l'air frais. Le spectacle qui m'attendait, après que je me fus traîné jusqu'à l'ouverture, me coupa le souffle. Une vallée onduleuse s'étendait sur des kilomètres, mangée par des pans de forêt. Aussi loin que portait mon regard, une végétation dense envahissait l'espace, sans qu'apparaisse aucune habitation. Puis, dans les brumes qui nimbaient l'horizon, je découvris la silhouette fantomatique d'une montagne. Ses flancs s'arrêtaient brusquement, comme si on avait tranché le sommet d'un coup de hache phénoménal. Un volcan ! Ce n'était pas le brouillard qui barrait le ciel, mais la fumée qui s'échappait de son cratère. Cette constatation me rendit songeur. Y avait-il des volcans dans la cordillère des Andes ? Sans doute, mais je n'aurais pas parié mon tee-shirt là-dessus. Où diable la Porte nous avait-elle envoyés ? En tout cas nous n'étions pas dans l'Himalaya, ce qui éviterait toute nostalgie à Tooloo. Je glissai la tête à l'extérieur. Aussitôt le vertige m'assaillit. Une volée de marches abruptes plongeait vers la terre ferme. Lorsque le tournis s'estompa, je m'avançai avec précaution. Le corps à moitié sorti de notre abri, je pus appréhender notre position. Nous étions au sommet d'une pyramide monumentale, à une centaine de mètres de hauteur. Ce monument évoquait bel et bien les constructions des adorateurs du Soleil. Les illustrations de mon album de Tintin me revinrent en mémoire. Oui, ce temple ressemblait à s'y méprendre à ceux construits par les Incas. Évidemment, mon jugement ne valait pas celui d'un spécialiste en architecture péruvienne. Des serpents grimaçants flanquaient les escaliers de leurs corps démesurés. Ils s'enroulaient en d'affreuses contorsions qu'une peinture vive animait. La gueule d'un reptile me narguait de ses crocs aigus. Je battis en retraite, m'arrachant avec peine à cette fascination morbide.

Pat se tenait appuyée sur un coude. Elle paraissait encore groggy. Je tentai de lui sourire ; hélas, je n'aurais pas remporté l'oscar du meilleur acteur avec cette moue grimaçante qui tordait mon visage. D'accord, nous étions peut-être à bon port, mais cela ne voulait pas dire que nous étions hors de danger. La jeune fille répondit à ma tentative par un haussement d'épaules désabusé.

« Tu marques un point, concéda-t-elle. Je veux bien réviser mon jugement. Tu n'es sans doute pas aussi mythomane que je le croyais. J'abuse si je te demande de répéter tes explications ? Parce que si je ne rêve pas, j'ai du souci à me faire pour ma santé mentale. »

Cette fois-ci, un franc sourire s'épanouit sur mes lèvres.

« C'est exactement ce que j'avais prévu, ajouta Tooloo. On repart de zéro. »

7

MA BLESSURE ne me prédisposait pas aux longs récits. Pourtant, Pat méritait des éclaircissements. Elle venait d'être arrachée à sa vie de collégienne pour sombrer dans un univers fantastique et périlleux. J'imaginais sans mal l'état de confusion dans lequel baignait ma nouvelle amie. Je m'assis donc à ses côtés, prêt à lui fournir les renseignements qu'elle désirait. Il fallait apaiser son anxiété et ne pas la laisser dans l'ignorance. Rien n'est plus néfaste que l'inconnu, car l'esprit s'emballe et tisse promptement les scénarios les plus dramatiques.

« Navré de jouer les trouble-fête, me devança Tooloo qui claquait du bec en proie à un énervement singulier. Nous pourrions réserver les épanchements pour plus tard. Disons, lorsque nous serons réunis autour d'une cheminée au feu ronronnant. Et si la cheminée fait défaut, nous nous contenterons d'un canapé moelleux. »

Les épanchements ! Mon volatile avait le don de m'exaspérer. Il n'était évidemment pas question de pleurnicher sur notre sort. Et mon intention n'était pas non plus d'envelopper ma camarade d'attentions mièvres. Avant que j'aie pu le moucher, Pat pivota vers lui et déclara : « Je ne bougerai pas d'un pouce tant que ma curiosité ne sera pas satisfaite. Où sommes-nous ? Qui étaient ces types en combinaison futuriste ? Que faisons-nous ici ? Sommes-nous pourchassés ? Pourquoi ? J'exige un rapport minutieux sur les événements. »

Ses yeux étincelaient et ses charmantes pommettes s'étaient empourprées. Entre ces deux-là, les relations n'étaient guère au beau fixe. Ils avaient commencé par s'insulter et depuis la colère couvait. Espérons seulement qu'ils n'en viendraient pas au combat de boxe.

« Certes, consentit Tooloo avec une douceur inhabituelle. J'ai cependant deux objections à formuler. Premièrement, Tom a une pastèque à la place de la langue, ce qui me fait craindre que sa narration ne soit laborieuse.

– Tu pourrais le remplacer », suggéra Pat sèchement.

J'opinai pour marquer mon soutien à cette proposition. L'aiglon broderait certainement sur ses exploits, mais au moins la jeune fille aurait un aperçu des enjeux en présence.

« Laissez-moi finir, insista Tooloo. Mon deuxièmement va vous faire changer d'avis. Sans être alarmiste, je voudrais attirer votre attention sur la matière qui recouvre les murs de cette salle. Je pense qu'il s'agit de sang séché. J'ignore qui sont les propriétaires de cet édifice et quel est leur hobby, mais ce détail ne m'incite pas à les rencontrer. »

Je ne pus contenir un frisson. Malgré moi, mon regard se porta sur les cloisons brunies. Même dans le plus violent des films *gore* on n'exhibait pas de telles quantités d'hémoglobine. Un tremblement convulsif me gagna et je bondis sur mes jambes, aussitôt suivi par Pat qui ne semblait plus du tout pressée de dialoguer. Sans un mot nous nous ruâmes vers la sortie pour échapper à ce cauchemar. L'odeur provenait bel et bien de la croûte épaisse, reste éloquent de sacrifices. La fraîcheur extérieure nous fouetta. Nous étions sur une petite plateforme que le vent balayait. Au moins, nous n'avions plus à supporter la puanteur. La pyramide étalait sa masse gigantesque. Nous fûmes obligés de mater le vertige. Les formes dansaient la gigue et nous étions violemment attirés vers le sol. Nous nous agenouillâmes, attendant que les éléments du paysage se stabilisent. Une coulée noirâtre souillait l'escalier central du bâtiment, que creusait une rigole taillée dans la pierre. Nous ne nous interrogeâmes pas sur son origine. La nausée me fit tituber. Des flots de sang avaient été nécessaires pour tacher ainsi les blocs de calcaire. Mais qui étaient les victimes ? Mieux valait ne pas y songer. Mieux valait aussi ne jamais l'apprendre. Mon instinct me disait que, si nous croisions les responsables, nous ne profiterions pas longtemps de cette découverte. Tooloo volait autour de nous, nous exhortant à descendre. Nous nous levâmes et tournâmes le dos au vide. Dévaler ce colossal escalier de front semblait impossible. À l'envers et quasiment accroupis, nous avions une chance de ne pas nous briser les os. Nous nous hâtions le plus possible. Hélas, les marches étaient hautes et très étroites et notre position ralentissait considérablement notre allure. Il fallut même nous aider de nos mains pour ne pas déraper. Pat haletait, et la sueur collait mes cheveux sur mon front. La pente paraissait interminable. La roche s'effritait parfois sous nos doigts, nous faisant craindre la chute. Il fallait alors ralentir, affermir nos prises avant de regagner de la vitesse. J'étais totalement concentré pour éviter d'entrer en contact avec la traînée immonde. Je crois que si ma main l'avait effleurée je me serais mis à vomir. Je devais chasser cet élément de mon esprit et me concentrer sur mes mouvements : le pied gauche puis la main droite, le pied droit puis la main gauche, et ainsi de suite, sans fin.

Quand nous touchâmes le sol, nous étions exténués par cette fuite en arrière qui avait tout de la dégringolade. Toutefois nous ne cherchâmes pas à retrouver notre souffle. Nous traversâmes une esplanade pavée, hoquetant sous l'effort, et nous jetâmes dans des fourrés touffus. Pat s'écroula sur une souche tandis qu'un point de côté me pliait en deux.

« Nous avons eu de la chance, apprécia Tooloo qui s'était perché sur une branche au-dessus de nous. Le temple est désert. Si nous avions débarqué un jour de cérémonie, je suis sûr que les festivités n'auraient pas été à notre goût. »

Pat s'était recroquevillée. Elle tenait sa tête dans ses mains. Lorsqu'elle leva son visage vers moi, je m'aperçus que des larmes perlaient sur ses cils.

« O.K., renifla-t-elle bravement. J'ai toujours été fan d'Indiana Jones. Il est tout de même plus agréable de le regarder à la télévision. J'ose à peine me détendre, parce que c'est souvent à l'instant où les personnages se croient sauvés qu'un malheur les surprend. Vous pariez sur quoi ? Une attaque de coupeurs de têtes ou le déclenchement d'un mécanisme secret qui va nous engloutir dans des souterrains grouillant de serpents ?

– Plus un geste ! » cria mon aiglon.

Je m'immobilisai, les yeux exorbités. Les suppositions de Pat nous avaient-elles porté la poisse ? Tooloo blaguait-il ou avait-il décelé une présence hostile ? Je m'attendais effectivement à voir surgir un indigène armé d'un casse-tête ou d'un immense couteau capable de nous dépecer en deux secondes. Les clichés ont la peau dure et mon imagination avait été abreuvée des scènes rocambolesques dont raffole le cinéma.

Un coassement hideux déchira l'ombre verte de la forêt, suivi d'un glouglou moqueur.

« Restez aussi statiques que des poireaux dans un potager. Je m'occupe de tout. »

Tooloo n'avait jamais été aussi autoritaire. Le ton seul de sa voix aurait suffi à me transformer en caillou. Sa comparaison était aussi ridicule qu'incongrue, mais je n'avais pas le cœur à rire.

« Quoi encore ? » chuchota Pat au bord de la syncope.

Je dirigeai mon regard vers la jeune fille, en prenant soin de ne pas remuer. Une mignonne grenouille d'un jaune vif avait sauté sur son pantalon. Elle ne mesurait pas plus de cinq centimètres. Cet imbécile de Tooloo nous avait terrifiés à cause d'un batracien aussi minuscule ! Il allait avoir de mes nouvelles.

« Elle est adorable, commenta Pat. Alors, mademoiselle, tu as perdu ta maman ? Je vais te déposer dans l'herbe. »

Elle tendit la main vers l'animal.

« Non ! hurla l'aiglon. Ce n'est pas une gentille petite grenouille. Ses pores sécrètent un liquide empoisonné. En contact avec la peau, une infime quantité de cette substance peut tuer un être humain. »

Cet avertissement modifia aussitôt notre comportement. Je ravalai ma colère et Pat laissa son geste en suspens. Le batracien escaladait le tissu. Il progressait lentement vers la cuisse de notre camarade. Décidément, les faits ne nous décevaient pas. Nous avions évité l'épisode le plus rebattu des films d'aventures, où l'héroïne sympathise avec une mygale, pour vivre une rencontre tout aussi traumatisante. Hélas, la scène n'avait rien de fictif. Que ferions-nous si l'animal touchait l'épiderme de Pat ? Nous nous trouvions en pleine jungle, sans médicaments ni secours. Et j'étais loin de posséder le sang-froid du professeur Jones.

La bestiole avait atteint la manche gauche du survêtement. Si elle continuait sa course, elle rejoindrait bientôt le cou de Pat et sa peau nue. Qu'étaient censés faire les héros ? Mon esprit refusait de fonctionner.

Tooloo piqua comme un missile. Sans ralentir, il planta ses serres dans le corps d'un jaune éclatant et l'arracha de la veste. Puis il remonta dans les airs et lâcha le cadavre encore gigotant dans un bouquet de feuilles luisantes.

Quand il revint vers nous, nous étions toujours sous le choc. L'aiglon s'effondra dans mes bras : « Je hais ces créatures, gémit-il.

– Moi aussi, hoqueta la jeune fille qui nous contemplait, l'air éperdu.

– Mon ancien propriétaire se les faisait livrer par dizaines, expliqua l'oiseau. C'est un excellent répulsif contre les pigeons. Plongez trois grenouilles de cette espèce dans un demi-litre d'eau, portez à ébullition, faites réduire et laissez infuser cinq heures. Vous obtiendrez un sirop à appliquer directement sur les corniches et autres endroits qu'affectionnent les pigeons. Radical pour éliminer les fientes.

– Mais si ce poison tue les pigeons, demanda Pat, comment se fait-il que tu ne sois pas mort ?

– Avez-vous idée de l'intelligence d'un pigeon ? Elle avoisine celle d'une râpe à bois. J'ai pris soin d'entrer en contact avec ce prédateur uniquement par mes serres. Le danger est alors presque nul. »

Pat et moi échangeâmes un regard sceptique.

« Et puis mon maître m'avait immunisé », avoua à regret notre téméraire compagnon.

Tooloo n'avait donc pas couru autant de risques

que nous l'avions supposé. Il n'empêche que nous lui devions une fière chandelle.

Si les péripéties s'enchaînaient à ce rythme, nous finirions cardiaques avant la fin de la journée.

8

Nous avions besoin de récupérer. En l'espace de deux heures, les rebondissements s'étaient accumulés et nous étions à bout. Je priai Tooloo d'effectuer un vol de reconnaissance. Il fallait être certain qu'aucun indigène ne patrouillait dans les environs. Une autre mésaventure de la taille des précédentes et je ne donnais pas cher de notre trio. Heureusement aucune activité humaine ne venait troubler la contrée, et si nous prenions soin de ne pas nous enfoncer dans les broussailles, nous éviterions les rencontres fâcheuses avec d'autres représentants du règne animal.

Nous nous installâmes en bordure de la place carrée qui jouxtait le temple, masqués par un maigre entrelacs de palmes. Je profitai de cette paix provisoire pour raconter mon histoire à Pat, secondé par mon aiglon qui servait de traducteur dès que mon élocution le nécessitait. Malgré son étonnement grandissant, ma camarade ne m'interrompit pas et je pus mener à bien mon récit. En toute autre circonstance, il aurait été difficile, voire impossible, de la convaincre. Mais les événements récents se révélèrent des arguments très efficaces.

Lorsque j'eus terminé, Pat se tourna vers le monument

qui dominait la vallée. Il n'avait rien à voir avec les photos qui ornent les dépliants publicitaires consacrés à l'Amérique du Sud. La pierre de l'édifice n'était pas dénudée. Chaque bloc était peint ou enduit de stuc ouvragé. L'écarlate jurait sur le bleu cobalt et le blanc de neige sur le vert cru. D'ici, la pyramide présentait des proportions beaucoup moins impressionnantes. La perspective écrasait les degrés pourtant si abrupts qu'ils demandaient une condition physique d'athlète pour être gravis. Nous distinguions, à son sommet, le petit sanctuaire, légèrement en retrait. Lui aussi était décoré. Mais cet art ne cherchait pas la beauté, ou alors une beauté qui suscitait l'effroi. En effet, un monstre à la gueule béante surplombait l'entrée, menaçant le paysage. Cette idole témoignait de rites barbares. Les prêtres de ce culte ne prêchaient pas la pitié. Leur dieu avait tout d'un dévorateur et les prières qu'on lui adressait ne devaient avoir qu'un très lointain rapport avec les marmonnements des fidèles de nos églises.

« Si j'ai bien compris, déclara Pat soudainement, Merlin t'a aiguillé vers un magicien, le fameux Tatloc Umaru. Lui seul peut restaurer tes pouvoirs et te permettre de les maîtriser.

– Nous progressons, railla Tooloo en gonflant son plumage argenté. Nous voilà sur la même longueur d'onde. Ça n'a pas été simple, mais à cœur vaillant rien d'impossible. »

La jeune fille ne releva pas la moquerie. Elle avait une

autre idée en tête et l'exprima sans attendre : « Tu m'as dit que ton énergie était détériorée. Pourtant, tu as réussi à ouvrir une Porte... »

Avant que je puisse objecter quoi que ce soit, elle enchaîna : « Je sais que cela s'est produit malgré toi, sans doute sous l'effet de la peur. Ne pourrais-tu pas reproduire ce sort en sens inverse ? Nous retournerions au XXIe siècle et je rassurerais ma mère qui doit s'affoler de ma disparition. Je te plains beaucoup, mais je ne suis pas impliquée dans cette embrouille. Ne te fâche pas, mais les périls que je viens d'expérimenter ne m'encouragent pas à poursuivre. Je préfèrerais revoir mon appartement.

– Oh là là ! se désola mon oiseau qui cacha sa tête sous une de ses ailes. Je pressens des complications.

– Tu peux au moins essayer », insista Pat.

Sa détresse était si évidente que je fus désarmé. La guerre que préparait Mordom lui semblait hypothétique. Comment lui reprocher son incrédulité ? Il lui était suffisamment pénible d'intégrer l'existence de la sorcellerie sans ajouter à cela l'imminence d'un conflit qui détruirait son univers. J'avais d'ailleurs souvent éprouvé l'envie de tout abandonner pour me réfugier auprès des miens. Tout en sachant pertinemment que ce choix était sans issue.

« Tu dois mesurer les conchéquences de che que tu demandes, expliquai-je. Il est peu probable que ma tentative choit couronnée de chucchès. Chependant, admettons que je crée un pachage. Rien ne prouve qu'il te renvoie à Tours. Tu peux très bien bachculer dans une autre époque et nous cherons chéparés. »

À force de parler, ma langue avait retrouvé un peu d'agilité. En dehors d'un léger chuintement, ma prononciation était quasi normale.

« Tu ne m'accompagneras pas ? ! »

Pat venait de sauter sur ses pieds. Ses poings se serraient rageusement. Ma déclaration l'avait ulcérée. Elle était à un cheveu de me frapper.

Je restai sur mes gardes, prêt à parer les coups de la jeune fille en furie. Tooloo se glissa entre nous : « La solution que tu préconises est la pire des bourdes, dit-il d'une voix neutre. Si tu parvenais à rentrer, tu aurais à faire face à quelques tracas minimes tels que deux créatures en combinaison de cuir et d'acier dotées d'un appareil de téléportation. Elles t'ont vue quand tu as trouvé malin d'aller sonner à la porte de Tom. Désormais tu es la seule piste qui les relie à nous. Elles te traqueront et ne reculeront pas devant la torture pour te soutirer des renseignements. Non seulement tu mets ta vie en danger, mais aussi celle de tes proches. Car, même si tu penses être assez forte pour ne pas céder à leur pression, elles n'hésiteront pas à brutaliser ta mère pour te persuader d'être loquace. Ensuite, elles se débarrasseront de vous et fileront ici.

– Mais nous n'avons rien à faire avec vous ! plaida Pat avec des accents de sincérité déchirants.

– C'est un point de vue, concéda l'aiglon en s'installant

sur l'herbe. Moi-même, je ne suis pas particulièrement enchanté d'être mêlé au destin de ce garçon. »

Il pointait son aile vers moi. Il est vrai que je n'avais jamais tenu compte de son avis. Le hasard l'avait placé sur mon chemin et, depuis, il suivait mes pérégrinations sans trop se rebiffer. Mais peut-être le regrettait-il ? La culpabilité m'envahit.

« D'un autre côté, poursuivit l'oiseau, tu peux envisager les choses différemment. Nous faisons partie des rares personnes au courant des enjeux. Cela ne rend pas notre tâche plus aisée, mais, pour ma part, je tire quelque fierté de mon humble participation à cette tragédie. Si nous n'agissons pas, Mordom va débouler sur notre monde et imposer la terreur. Il se trouve que Tom est notre unique chance. Sa responsabilité est donc beaucoup plus écrasante que la nôtre et je ne pense pas qu'il frétille de joie à cette idée. Bon gré, mal gré, il accomplit ce que son devoir lui impose. Si nous pouvons l'aider, nous n'avons pas le droit de flancher. Nous sommes dans la même galère. Serrons-nous les coudes et luttons. »

Tooloo affichait un air satisfait. Malgré sa grandiloquence, j'étais ému. Ses mots trahissaient son affection ainsi qu'une lucidité que je ne soupçonnais pas. Il rouspétait, jouait les bravaches, pourtant il ne m'avait jamais fait défaut. Je l'attirai dans mes bras et caressai son dos soyeux. Sa tête se nicha sous mon bras. C'était un moment parfait de reconnaissance et d'amitié. J'en oubliai presque Pat qui mit fin à nos effusions : « Excusez-moi, tous les deux. J'ai sûrement été égoïste. Je ne promets pas de ne pas l'être à nouveau. Mais tout ça me dépasse. J'ai la cervelle en capilotade, des courbatures dans tout le corps et des envies de pleurer comme un nourrisson. »

Nous la fixâmes d'un regard apitoyé.

« Mais nous formons une équipe, non ? » questionna-t-elle en nous décochant un sourire un peu forcé. Puis Pat me tendit une main que je serrai pour marquer mon accord.

« J'adore ta casquette, gloussa Tooloo qui partit se poser sur l'épaule de l'adolescente. Je pourrais m'en confectionner une identique lorsque nous serons de retour au bercail. »

Nous avions noté son sous-entendu. L'optimisme de mon aiglon me réchauffa. J'étais ragaillardi et ma camarade aussi.

« Je t'ai mal jugé, ajouta-t-elle à l'adresse du volatile. Et j'ai terriblement exagéré quand je t'ai traité de plumeau parlant. Tu as plutôt fière allure. »

Tooloo se tortilla sous le compliment.

« Tu es plutôt chouette, toi aussi », bredouilla-t-il.

Cette fois, j'étais rassuré, nous formions réellement une équipe. Mes deux compagnons ne rêvaient plus de s'étriper, voilà même qu'ils se prodiguaient des louanges ! Je n'imaginais pas obtenir un tel résultat.

« Alors ! Quand est-ce qu'on mange ? cria gaiement Tooloo afin de nous sortir de l'embarras où nous avaient plongés ces dernières répliques.

– Je vois que tu ne perds pas le nord, ricana Pat en flattant le poitrail du volatile. Et puisque nous sommes des explorateurs, tu as raison, il va falloir veiller aux problèmes d'intendance. »

J'eus l'illusion, un bref instant, d'avoir reconstitué une famille. Le tableau formé par mes amis était plutôt touchant. Pat et sa casquette inclinée... Sa casquette ! Je portai un coup d'œil sur ma tenue. Je vis alors mon jean et mon tee-shirt, et mon enthousiasme chuta. Je dus pâlir, car Tooloo s'inquiéta sur-le-champ : « Quoi encore ?

– Nous avons franchi la Porte, débutai-je tandis qu'une boule me nouait la gorge, mais les métamorphoses habituelles n'ont pas eu lieu. Nous sommes toujours habillés de la même façon et, à moins que je ne fasse erreur, nous parlons toujours français.

– Par les fesses de Luc le Gnome Rouge ! jura l'aiglon. Nous n'allons pas passer inaperçus. »

9

« TENONS-NOUS BIEN. Nous ne devons nous lâcher sous aucun prétexte, car si le cercle venait à se rompre, le sortilège raterait et l'un d'entre nous en serait exclu. »

J'avais donné cet ordre alors que mon être entier était en proie au doute.

Nous avions rejoint le centre de l'esplanade et je m'apprêtais à user de mes pouvoirs. Pendant un bon quart d'heure, nous avions débattu de l'opportunité d'avoir recours à la magie. Finalement nous étions tombés d'accord. Notre mission exigeait que nous soyons aptes à communiquer avec les habitants du pays. Comment dénicher Tatloc Umaru si la langue des gens que nous croiserions nous demeurait étrangère ? Nous avions aussi décidé que quelques petits ajustements physiques ne seraient pas superflus. Le teint pâlichon des citadins du XXIe siècle nous ferait très vite remarquer, tout comme nos vêtements, plutôt branchés dans une cour d'école mais carrément exotiques sous cette latitude. La prudence l'avait donc emporté. Même Pat avait renoncé sans tergiverser à sa casquette, ce qui m'avait carrément épaté. Le challenge était désormais d'accomplir les transformations. J'étais assez réservé quant à mes compétences.

Seule l'insistance de mes coéquipiers était venue à bout de mes réticences. Ils avaient juré de ne pas m'en vouloir, quel que soit le résultat de ma tentative. Je ne pouvais plus reculer.

Je fermai les paupières afin de me concentrer sur ma tâche ardue. L'appréhension me pinçait la poitrine. Depuis des semaines, je n'avais pas osé fair appel à mes pouvoirs et le souvenir catastrophique de mes anciens échecs rendait mes mains moites. Par un regain de volonté, je chassai ces préventions et fouillai dans mon esprit à la recherche du flux. Il était tapi très loin, dans une zone profonde. Pourtant, à peine l'effleurai-je que je sentis toute sa violence. Tel un fleuve lors d'une crue, il débordait de toutes parts, se cabrait à mon contact. À ce degré d'intensité, comment parvenait-il à rester enfoui ? Ce mystère me dépassait. Percevoir à l'intérieur de son crâne une telle force avait quelque chose de déstabilisant. Comme si je couvais un ennemi dont l'agressivité pouvait se retourner contre moi. Je fis naître les images de la contrée. D'abord le temple abandonné, puis le paysage où trônait l'immense volcan avec ses volutes grises. Le cratère se dessina, noyé sous les fumerolles de soufre.

La décharge qui me secoua me prit totalement au dépourvu. Un flash zébra l'atmosphère et je tombai à genoux, la respiration coupée.

Lorsque je rouvris les yeux, deux extraterrestres gesticulaient devant moi. Ils m'offraient un ballet chaotique dont j'ignorais tout à fait le sens. Leurs corps d'aluminium se déplaçaient de façon grotesque et leurs visages se résumaient à deux yeux globuleux qui roulaient dans leurs orbites. Ces petits bonshommes verts – en l'occurrence ils étaient plutôt argentés – qui gigotaient désespérément n'étaient autres que Pat et Tooloo. La combinaison qui les enveloppait était surmontée d'une cagoule. Un hublot avait été placé à hauteur du visage. L'épaisseur du verre déformait les traits de mes camarades. Je voulus porter mon poing à mes lèvres pour cacher mon hilarité, mais mon bras était entravé. Au ralenti, mes doigts heurtèrent une matière transparente à quelques centimètres de ma bouche. J'étais, moi aussi, dans une sorte de scaphandre qui réduisait mes mouvements. Tel était pris qui croyait prendre. En songeant au puits de lave, j'avais suscité l'apparition de tenues de volcanologues ! Ce n'était pas ce qui se faisait de plus commode pour partir en exploration. De plus, si nous nous baladions ainsi déguisés, nous allions attirer les foules. Côté camouflage, on pouvait envisager quelques améliorations. Je fis signe à mes amis de s'approcher pour renouer le contact. Il fallait se dépêcher d'annuler ce sort. Je commençais à suffoquer sous cet emballage de plaquette de chocolat. Il fut difficile de s'agripper car nos mains nageaient dans les gants trop épais. Quand nous y parvînmes, j'étais en nage. Je procédai comme la première fois, en prenant soin toutefois de me focaliser sur la pyramide sacrée et son sanctuaire. L'énergie claqua si brutalement que le sol frémit sous mes pieds. Je restai debout par miracle. Oh ! oh ! Je ne méritais pas encore des félicitations. Pat arborait toujours son survêtement, mais la tête qui émergeait de son col n'avait plus rien d'humain. Ce n'était pas exactement un serpent, disons plutôt une caricature de reptile telle qu'on en voit dans les dessins animés. Les traits grossiers de l'animal rappelaient à s'y méprendre les sculptures qui zigzaguaient le long des escaliers du temple. Je grimaçai devant les nouveaux attraits de ma camarade. Quant à Tooloo, il aurait remporté le prix de l'épouvantail le plus psychédélique. Son plumage s'était coloré de façon à reproduire l'idole fichée au sommet du sanctuaire. Toutes les teintes de l'arc-en-ciel s'y côtoyaient. Et, pour demeurer fidèle à son modèle, mon pauvre aiglon ouvrait son bec comme s'il s'apprêtait à haranguer les foules. Ses yeux tourneboulaient pour implorer de l'aide.

Une troisième fois, nous formâmes un cercle. J'avais au moins saisi qu'il ne fallait pas me fixer sur une vision précise, mais laisser flotter mon esprit. Une onde électrique colla nos paumes avant de se concrétiser en un faisceau d'or qui s'enroula autour de nos poignets. Un souffle nous souleva. Nous gravitions à cinquante centimètres du dallage. Puis le phénomène cessa et nous tombâmes sur la pierre.

Je tâtai mes côtes pour être sûr de toujours posséder un corps. Ça avait l'air d'être le cas. Seulement mes doigts ne rencontrèrent aucun tissu. Ils touchaient directement ma peau. Une brise chatouilla mes cuisses et me donna la chair de poule. J'étais en slip ! Enfin, si le pan de coton qui passait entre mes jambes avant de se nouer sur mes hanches correspondait à ce que nous nommions sous-vêtement. Je me serais bien passé de cette exhibition. Pat allait se rincer l'œil, à moins qu'elle n'éprouve la même gêne que celle qui m'accablait. J'avais frôlé de peu le nudisme intégral. Les joues brûlantes, je gardai le regard fixé sur mes orteils. Puis je me rabrouai : cet accès de pudeur était ridicule, nous avions d'autres chats à fouetter. Entre autres, s'assurer que les modifications avaient réussi.

Un sourire narquois fendait la bouche de Pat. Elle me détaillait sans vergogne.

« Je ne savais pas que nous participerions à l'élection de Mister Pérou, gloussa-t-elle. Tu devrais pratiquer davantage de sport... »

Elle laissa sa phrase inachevée, savourant ma honte.

« Mais tu as tes chances », conclut-elle sans se départir de son air moqueur.

J'avais dépassé le stade du rouge tomate pour virer au cramoisi. Mes déboires m'avaient préparé à mille situations bizarres, mais pas à celle-ci. Je jalousai la capacité des autruches à s'enterrer la tête. Avais-je clairement entendu ? Pat avait-elle déclaré que j'avais mes chances ? Cela voulait-il dire qu'en dépit de ma maigreur elle me trouvait mignon ? Mon épiderme, déjà cuisant, entra en ébullition. Je ne savais plus où me mettre, gigotant tel un beignet dans une friteuse. En fait, je me moquais comme de ma première couche que mon physique plaise ou non à l'adolescente. Une couche ! Voilà à quoi ressemblait mon unique vêtement. Un atout majeur dans l'art de la séduction. Cette remarque m'interloqua. Pourquoi étais-je en train de penser à séduire ?

La diversion vint de Tooloo. Et ce fut tant mieux, parce que je n'avais pas du tout envie de creuser cette idée.

« Quand il aura fini de se pavaner, notre play-boy m'aidera peut-être à me sortir de ce truc ! »

L'aiglon désignait un drap de laine dans lequel il était entortillé. Trop heureux d'agir, je me penchai et déroulai la toile épaisse qui le retenait captif. Comble de joie, je découvris qu'il s'agissait d'un manteau à ma taille. Je ne me fis pas prier pour m'en envelopper. J'espérais qu'ainsi les commentaires cesseraient. Ayant retrouvé mon aplomb, je dévisageai mes compagnons. Aucun changement notable n'avait affecté l'oiseau. Aussi bougon qu'à son habitude, il raclait les dalles de ses serres. De son côté, Pat avait subi des mutations plus radicales. Elle portait une ravissante jupe ainsi qu'une chemise brodée dont la blancheur soulignait son teint bruni. Sa peau avait foncé jusqu'à prendre la couleur du cuivre et des reflets bleutés dansaient dans ses cheveux noirs.

« Ça a marché ? demandai-je, incrédule.

– Si on se fie à votre bronzage, suggéra Tooloo, je crois que la réponse sera affirmative. Sauf si vous avouez avoir abusé d'un appareil à U.V. particulièrement performant pendant les cinq dernières minutes. »

Effectivement, un hâle intense, proche de la brique, recouvrait mes avant-bras. Cette preuve était déterminante. Inutile d'ouvrir mon manteau pour chercher confirmation sur le reste de mon anatomie et provoquer une avalanche de remarques. Je n'étais pas peu fier d'avoir mené à bien le sortilège. Désormais, nous donnerions le change. Notre apparence nous assimilait sûrement aux natifs du coin. Quant au langage, il faudrait attendre une rencontre pour juger du résultat.

« Ça signifie que tes pouvoirs sont revenus ! jubila Pat.

– Eh bien, on peut analyser les choses de cette manière, acquiesçai-je. Le seul bémol, c'est qu'il y a eu quelques ratés. Pour agir dans l'urgence, ce n'est pas encore gagné. »

Je préférai garder secrètes les impressions que j'avais ressenties lors des manifestations de l'énergie magique. Bien sûr elle avait jailli, mais c'était comme si elle était autonome. Je l'avais convoquée et elle avait répondu à cet appel. Pourtant cette réponse ne dépendait pas de moi. La décision en revenait au flux lui-même. Oui, il paraissait posséder sa propre volonté et je redoutais de ne pouvoir la plier à la mienne.

Un grognement de Tooloo stoppa mes réflexions : « Tu ne veux pas recommencer ton strip-tease ? Nous avons de la visite. Ce spectacle distraira peut-être l'importun ? »

10

Un garçonnet trottait vers nous. Une espèce de poncho molletonné le gênait dans sa course. Il tenait dans ses bras un paquet de chiffons qu'il pressait contre sa poitrine comme un trésor.

Nous nous détendîmes car il n'y avait rien à redouter d'un enfant aussi jeune. Je lui donnai entre six et huit ans, si l'expression de joie qui irradiait son visage ne me trompait pas. Il pila juste devant nous, posa son ballot et plongea vers le sol en une profonde révérence qui découvrit ses mollets frêles.

« Merci, ô divinités, d'avoir répondu aux prières de mon peuple », marmonna-t-il.

Je me congratulai intérieurement : la métamorphose était parfaite, nous comprenions les phrases convenues de notre interlocuteur.

Avant que nous ayons pu réagir, un cri strident s'éleva des haillons. Les bouts de tissu remuèrent. Ils camouflaient un bébé violet d'énervement, dont les menottes battaient le vide.

« Excusez ma petite sœur, pria le gamin toujours prosterné, elle a faim et elle ne connaît pas encore la politesse. »

Je touchai l'épaule de l'enfant afin qu'il se relève et m'agenouillai aux côtés du nourrisson. Ce dernier, maintenant débarrassé de ses langes, s'époumonait à pierre fendre. Son corps d'une extrême maigreur m'émut.

« Où est ta mère ? » s'enquit Pat, indignée. Elle avait ramassé la fillette et s'efforçait de la calmer en la berçant, trop énergiquement à mon avis pour obtenir le résultat escompté. « Ta sœur réclame sa tétée. Il faut être barbare pour la laisser ainsi », conclut ma camarade. Déçue par son manque d'efficacité, elle rendit le nouveau-né à son frère.

« Mes parents sont restés à Tenochtitlán », répondit le garçon. Il entreprit de rassembler les lambeaux de laine autour de la petite, qui réduisit le volume de ses hurlements. « Ils nous ont fait quitter la capitale grâce à Visage d'eau », poursuivit-il en dépit de la tristesse qui voila ses prunelles. « C'est un vétéran de l'armée. Il est trop vieux pour combattre, mais il connaît le pays comme sa poche. Autrefois, c'était une souris. L'empereur lui a ordonné de consulter nos alliés de Cholula. Mon oncle vit dans cette cité. Visage d'eau a accepté de s'encombrer de nous parce qu'il a dit que deux marmots lui serviraient de couverture. Il n'est pas doué pour s'occuper des bébés. Mais il a bon cœur. »

Le bambin tirailla sur son poncho comme s'il voulait l'exhiber.

« Il a découpé son armure pour me protéger du froid. Hélas, le lait de notre gourde a tourné. Voilà deux jours que Trois Roseaux n'a rien avalé. J'ai peur qu'elle ne soit pas assez résistante pour arriver jusqu'à la ville. Notre père a pensé que nous y serions en sécurité. Il n'avait pas prévu ce coup du sort. Selon lui, il fallait profiter du voyage de l'ancien militaire car l'avenir de la capitale est sombre. Pourtant, nous étions heureux d'accueillir les hommes blancs à Tenochtitlán. Nous les avons salués avec des brassées de fleurs. Les notables s'étaient parés de leurs plus riches habits : plumes et joyaux étincelaient au soleil. Les conques et les tambours résonnaient dans tous les quartiers. Même lors des grands sacrifices, je n'avais jamais rien admiré d'aussi beau. Mais les choses ont changé. Depuis que les étrangers maintiennent l'empereur prisonnier, la population est sur ses gardes. Le mécontentement gronde. La ville peut se soulever d'un moment à l'autre. Mais vous savez tout cela. Pardonnez ma bêtise. Je n'ai pas l'habitude de parler à des dieux. »

Discrètement, nous échangeâmes des regards interrogateurs. Nous n'avions pas compris grand-chose à ce récit.

« Dis donc, le mioche, interpella Tooloo en gonflant son poitrail, d'où sors-tu l'idée que nous sommes des dieux ? »

En prenant la parole, mon aiglon faisait toujours son petit effet. Le garçon tressaillit et ses sourcils se froncèrent. Puis il se cacha la bouche derrière ses mains et pouffa.

« Vous me taquinez, affirma-t-il, amusé. Je sais que les

êtres surnaturels aiment à se moquer des humains. Je vous ai vus dans vos vêtements de lune. Aucun homme n'est capable de voler ses rayons à l'astre de la nuit. »

Il parlait sans doute de nos tenues de volcanologues ! Difficile de le détromper après lui avoir offert un tel spectacle.

« C'est Visage d'eau qui va être content, reprit notre jeune interlocuteur. Sa mission est inutile désormais. Vous n'avez qu'à apparaître et les envahisseurs seront réduits en poudre.

– Non ! me hâtai-je d'ajouter. Tu ne dois en aucun cas trahir notre identité. Nous sommes ici incognito. Si tu parles de notre secret, nous serons contraints de repartir sur la Lune. »

J'avais honte de débiter de telles sornettes, néanmoins il n'y avait pas d'autres moyens. Si la version du garçonnet s'ébruitait, nous serions dans de sales draps. Nous croulerions sous les demandes de miracles, et peut-être qu'à force de ne rien obtenir, les quémandeurs nous lyncheraient. Le gamin demeura songeur. Mon refus avait jeté le trouble dans son esprit. Il finit par hocher du menton : « Qu'il soit fait selon vos désirs. Il me suffit de savoir que vous êtes là, cela me réchauffe le cœur. »

Nous venions de gagner un répit. Pat soupira bruyamment. Je partageais trop son soulagement pour lui faire remarquer son manque de discrétion.

Trois Roseaux nous rappela à l'ordre. Elle usait ses dernières forces à brailler. Je devais intervenir et empêcher la mort de cette fillette. Comment m'y prendre ? Je n'allais tout de même pas faire apparaître une vache. Il paraît qu'il n'est pas sorcier de traire ce mammifère si l'on prend soin d'éviter les coups de sabot. Mais qui dit traite dit aussi récipient. Je devais donc créer un seau ou une bassine. Ma gorge se noua. Deux sortilèges ! C'était trop présumer de mes pouvoirs. Mieux valait me restreindre à une seule utilisation du flux magique. Je clignai donc des paupières et... merveille ! aussitôt, six paquets de lait rebondirent autour de nous. L'enfant frappa dans ses mains et entama une danse frénétique.

« Des pierres sacrées ! clamait-il à tue-tête. Nous allons les confier au temple pour les vénérer ! »

Vénérer des packs de lait ! La religion du pays risquait de connaître de curieuses dérives. Je ramassai un emballage. Misère ! Je m'étais réjoui trop vite. J'avais fabriqué du lait en poudre. Sans eau, l'aliment était inutilisable. Pat, qui avait, elle aussi, récupéré un paquet, grimaça : « On n'arrête pas le progrès. Tu es juste un peu en avance pour l'époque. Si ça peut te consoler, dis-toi que des bouteilles se seraient cassées.

– Au moins nous avons évité le camion-citerne », ajouta Tooloo, ironique. Puis il se retourna vers l'enfant : « Mène-nous jusqu'à Visage d'eau. Avec un nom pareil, cela m'étonnerait qu'il ne trouve pas la solution. »

Nous nous chargeâmes donc des paquets. Il y en avait beaucoup trop pour un bébé de cet âge, mais il valait mieux effacer toutes les traces de notre passage. Qui sait quelle théorie échafauderait celui qui les trouverait !

Un peu dépité, j'emboîtai le pas de mes compagnons que guidait déjà le jeune Indien.

« Au fait, je m'appelle Bonne Fontaine, nous renseigna le gamin.

– Il le fait exprès ou il a le sens de l'humour ? lança mon oiseau.

– Avance et tais-toi, répliquai-je, agacé. Sinon je fais tomber tes plumes et, pour rester dans le ton, je les remplace par un superbe maillot de bain. »

11

Le crépuscule posait ses teintes fanées sur le paysage et la forêt bruissait de mille sons, comme si ses occupants s'adressaient d'ultimes messages avant la nuit. Ces appels ne ressemblaient à rien de connu. Ils tenaient de la plainte, du gémissement ou éclataient en jacassements hystériques. Toutes ces présences insolites avaient quelque chose d'oppressant. Notre troupe engendrait un véritable remue-ménage dans les broussailles, sans que nous ne puissions apercevoir aucun des fuyards. Je voyais, de temps en temps, Pat sursauter à cause d'une cavalcade subite sous les branches. Mais elle ne ralentissait guère, et pas une fois elle ne tourna la tête dans ma direction. Bientôt nous atteignîmes une chaussée sinueuse qui tenait lieu de route. Les voyageurs qui parcouraient le pays ne devaient pas être pressés, vu les herbes folles qui envahissaient la piste. Ou alors nous étions dans une province éloignée des centres de commerce. Toutefois, ce chemin apaisa les battements de mon cœur, parce qu'il évoquait la compagnie des hommes. Des ombres violettes s'agrippaient aux bosquets de pins. Peu à peu, le manteau de la nuit se refermait sur le ciel. Nous n'osions pas échanger une parole, saisis par le spectacle de la disparition du jour. Ce ne fut d'abord qu'un rougeoiement par-dessus la cime des arbres. Puis le ciel entier prit des couleurs mordorées avant d'exploser en zébrures allant de l'orange au carmin. Au bout de quelques minutes, il vira au brun et les ténèbres nous enveloppèrent, denses, presque palpables. Bonne Fontaine avançait toujours. Pour s'éloigner autant du bivouac, il avait dû mémoriser des repères. En tout cas, il n'hésitait jamais.

Soudain, la piqûre d'une flamme troua l'obscurité. C'était un feu de camp. Le garçonnet lâcha un petit cri de joie et se mit à galoper. Nous allions nous élancer à sa poursuite, quand une vision fantastique nous retint. En surimpression sur le foyer venait d'apparaître un gigantesque oiseau aux formes improbables. Il était de la taille d'un homme et son bec crochu s'ouvrait démesurément, prêt à déchirer sa proie. J'aurais voulu retenir le gamin, mais il était déjà loin et se précipitait vers le monstre. Deux bras jaillirent du poitrail de l'animal et happèrent l'enfant. La tête atroce de la créature s'inclina pour achever son macabre forfait. Bonne Fontaine n'eut pas le temps de se débattre, le bec avait plongé vers son cou, certainement pour l'égorger. Pourquoi n'avait-il pas détalé ? Quelle force hypnotique l'avait-elle poussé entre les griffes du rapace ? Je m'attendais à voir le corps du jeune Indien glisser sur le sol. Au lieu de cela, il se dégagea de l'étreinte et se tint debout, devant le monstre. La bête l'avait donc épargné. Pourquoi ne s'échappait-il pas, maintenant qu'il en avait l'opportunité ?

« Venez ! nous apostropha-t-il. Il faut que je vous présente à Visage d'eau. »

Notre torpeur se dissipa pour laisser place à l'ahurissement. Nous approchâmes, les jambes encore flageolantes du choc que nous avions ressenti. Ce que j'avais pris pour un monstre n'était qu'un vieillard affublé d'un déguisement extravagant. Un casque de plumes enveloppait sa tête. Son visage était pris dans un simulacre de bec, grand ouvert, dont les pointes avançaient devant son front et son menton. Sur ses épaules flottait un manteau, lui aussi composé de plumes. Et, à ses pieds, il portait des sandales terminées par des serres. S'il se présentait ainsi à une soirée costumée, le bonhomme était sûr de remporter le prix du travestissement le plus imaginatif. Cet accoutrement ne semblait pas troubler son propriétaire. Bien au contraire, il donnait l'impression d'en tirer orgueil.

« Visage d'eau, le chevalier-aigle », annonça Bonne Fontaine en désignant son protecteur.

Le vieil homme bomba le torse. Sa peau, d'un orange presque rouge, était parcourue de mille sillons. Deux entailles plus marquées encadraient son nez crochu. Mais ses yeux conservaient une vivacité étonnante. On avait percé sa narine gauche pour y introduire un bijou en forme de disque.

« Pfuit ! siffla dédaigneusement Tooloo à mon oreille, on dirait une saucisse dans un édredon éventré. Tu parles d'un aigle ! C'est absolument grotesque. Est-ce que je cherche à singer les êtres humains ? »

Malgré son grand âge, le guerrier nous considéra avec morgue. C'était un homme fier. Sans doute pouvait-il se vanter de nombreuses victoires. Toujours est-il que la vie rude qu'il avait menée ne l'avait pas brisé. On sentait la volonté qui habitait sa carcasse fragile. Heureusement pour nous, Trois Roseaux hurla. Cela détourna l'attention du vétéran qui s'empressa d'attraper la fillette pour la prendre dans ses bras et essayer de la réconforter.

« Je me faisais un sang d'encre, gronda-t-il en plantant son regard dans celui de Bonne Fontaine. Ne te sauve plus jamais. Un guerrier doit être franc et attaquer de face. L'honneur rejette les attitudes de serpent.

– Mais tu étais parti chasser et je me suis dit que je pourrais peut-être trouver quelque chose pour ma sœur », répliqua l'enfant, dont le menton tremblait.

La rigidité du vieil homme fondit. Il passa sa main dans les cheveux de Bonne Fontaine : « Cela part d'un bon sentiment, mais j'étais horriblement inquiet. Les jaguars rôdent dans le coin. Sans compter les bandits. Que raconterai-je à ton père si je perds ses deux enfants ? »

Il embrassa le front du nouveau-né.

« Vous ne les perdrez pas, intervint Pat en agitant la boîte de lait déshydraté. Nous apportons de quoi nourrir la petite fille. »

L'homme eut un sursaut en découvrant l'étrange objet. Il se mit à nous dévisager avec insistance. Bonne Fontaine se tortillait sur place, ne sachant trop comment expliquer notre rencontre, puisque nous lui avions demandé de garder le silence. Enfin, le guerrier haussa les épaules.

« Calmons l'appétit de Trois Roseaux, nous discuterons ensuite », trancha-t-il. Quel étrange bonhomme. Il voyait débarquer de nulle part deux adolescents accompagnés d'un aigle et ne posait pas la moindre question.

Pat avait déjà ouvert un paquet. Elle demanda un récipient et Bonne Fontaine lui remit un bol en terre cuite. Ma camarade réclama aussi de l'eau. L'enfant se tourna vers Visage d'eau, épiant ses réactions. Le vieil homme hocha la tête. Je compris que ce breuvage était rare et qu'il fallait puiser dans les réserves. Pat marqua un moment d'hésitation puis elle délaya les granulés de lait à l'aide de ses doigts. Elle devait estimer qu'elle avait suffisamment mis à contribution nos hôtes. Mieux valait se débrouiller avec les moyens du bord plutôt que de les lasser. D'ailleurs l'attitude du soldat demeurait soupçonneuse. S'il n'intervenait pas, il restait suspicieux et son immobilité pouvait se muer en franche hostilité à la moindre bévue.

Pat redressa la tête : « Avez-vous un biberon ? »

Le garçonnet et l'adulte eurent le même froncement de sourcils.

« Quelque chose pour la faire boire », expliqua mon amie en désignant le nourrisson. Le mot « biberon » nous avait trahis et je vis la jeune fille se mordre les lèvres. De toute façon, nous n'étions pas très crédibles. Le mutisme du vétéran s'expliquait aisément. Depuis notre arrivée, il nous jaugeait. Aucun doute ne subsistait dans son esprit : nous n'étions pas du coin. Cependant, il s'interrogeait encore sur nos intentions. Étions-nous des amis ou des ennemis ? Une fois son jugement affermi, il agirait en conséquence.

« Nous avons jeté la gourde, puisque son contenu n'était plus utilisable », s'excusa Bonne Fontaine d'un air contrit.

Nous étions dans une impasse. Si nous ne faisions pas la preuve rapide de nos bonnes intentions, le guerrier n'hésiterait pas à nous chasser. Ce qui serait un moindre mal, car j'imaginais qu'il pouvait aussi envisager d'autres solutions plus radicales.

« J'ai une idée, dis-je. Déchire le bas de ta jupe. »

Pat écarquilla les yeux, mais la surveillance dont nous étions l'objet l'empêcha de poser des questions. Elle mordit l'étoffe pour y faire un accroc et en découpa une petite bande. Je la récupérai et la trempai dans le bol. Lorsqu'elle fut gorgée de lait, je l'approchai du bébé et l'appliquai sur ses lèvres. Visage d'eau avait marqué un recul, mais il me présenta l'enfant dès qu'il s'aperçut que la fillette s'était mise à téter. Sa bouche minuscule tirait goulûment sur le tissu. Il fallut recommencer l'opération à de nombreuses reprises avant que le nouveau-né ne soit rassasié. Enfin, Trois Roseaux s'endormit, dans un gazouillis de satisfaction. Le vieillard la posa sur le sol et se redressa lentement.

« À notre tour, annonça-t-il d'une voix bienveillante. La chasse a été bonne. Je vais griller un lapin, mais, si vous n'avez pas le courage de patienter, il y a des fourmis à miel sur la droite. »

Bonne Fontaine sauta de joie et gambada vers les friandises d'un genre si particulier. Il entraîna Pat avec lui, sans se soucier de sa réticence. Tooloo, dont la curiosité n'avait pas de bornes dès qu'il était question de manger, les accompagna. Je préférai, pour ma part, épargner à mon estomac de telles horreurs et converser avec Visage d'eau afin d'obtenir des renseignements. Comme les préventions du vieil homme semblaient éteintes, autant en profiter.

Il croisait des bâtons au-dessus du foyer et y installait le gibier transpercé par une branche au bout affûté.

« Vous n'êtes pas des Mexica ? questionna-t-il sans se détourner de son ouvrage.

– Non », avouai-je, supposant que c'était le nom de son peuple.

J'avais senti que la seule manière de gagner la confiance de l'ancien était de dire la vérité. Ou du moins, une partie de la vérité.

« Vous n'auriez trompé personne, poursuivit le soldat. Chez nous, les garçons de dix ans ont les cheveux coupés. Ils ne gardent qu'une mèche sur la nuque tant qu'ils n'ont pas fait de prisonnier lors d'un combat. Tu portes le pagne de l'âge adulte, comme il convient à tout homme âgé de treize ans. Mais ta coiffure dénonce ton ignorance de nos coutumes. Si tu m'avais menti, je t'aurais expédié dans l'Endroit Ténébreux. »

Et pour confirmer ses paroles, il exhiba une épée qu'il avait dissimulée près des pierres du foyer. C'était une arme redoutable. Bien qu'elle fût en majeure partie de bois, on avait inséré sur toute sa longueur des lames noires dont le tranchant luisait sous les reflets du feu.

« L'obsidienne aime à goûter le sang », avertit le guerrier en caressant les arêtes de pierre.

Je déglutis avec peine. C'était un argument irréfutable, autant ne pas chercher à embobiner mon interlocuteur. Visage d'eau n'avait donc pas baissé la garde. Toutefois son absence de curiosité me gênait. Était-elle due à sa formation de soldat qui ne s'intéresse qu'aux aspects pratiques ?

« Nous venons de très loin, affirmai-je en tâchant de museler le tremblement de ma gorge. Nous cherchons les Incas, plus précisément un prêtre du nom de Tatloc Umaru. Il peut aider les miens.

– Je ne sais pas de quoi tu parles. Ton périple ne s'achèvera pas ici. Tu es dans le Monde Unique, au pays de notre Orateur Sacré, le grand Montezuma.

– Nous ne sommes pas au Pérou ? »

Notre dernière chance d'avoir atteint le bon endroit s'effritait lamentablement. J'attendis la réponse du vétéran qui tomba comme un couperet : « Je n'ai jamais entendu parler de ce pays. Ici, tu es chez les Aztèques. »

« Échappé ! »

L'air, comme saturé d'électricité, se mit à craquer, tandis que des filaments bleutés zigzaguaient le long des parois, éclairant faiblement le trône de basalte. La main serra convulsivement l'accoudoir. Les veines, gonflées, saillaient sous la peau livide. Puis le poing se referma et frappa la roche noire.

« Je vous avais ordonné de ramener l'adolescent ! Vous ne deviez pas rater cette mission. Adversaires inoffensifs, attaque-surprise, tous les éléments étaient réunis. Il vous suffisait d'être prompts. Tant que les pouvoirs de cet avorton ne sont pas restaurés, il est aussi vulnérable qu'un insecte. Ne vous ai-je pas transmis une partie de ma puissance ? Alors comment expliquez-vous cet échec ? »

La colère du Maître croissait. Les intonations s'assourdissaient, grondaient, annonciatrices de l'orage à venir. Les deux envoyés courbèrent l'échine, en une attitude de soumission. Ils tentèrent de balbutier quelques mots que les grésillements des éclairs alentour recouvrirent.

« Si vous ne fournissez pas une explication satisfaisante, vous paierez votre incapacité, avertit Mordom. Je

vous ai promis une récompense à la hauteur de votre succès. Vous obtiendrez le prix de votre erreur. »

N'y tenant plus, l'un des deux hommes se jeta sur les marches, paumes plaquées sur le marbre froid, le front à quelques centimètres des pieds du souverain, sans oser toutefois effleurer l'auguste sorcier.

« Pardon, Seigneur ! » implora-t-il.

Mordom se leva. Son visage brillait d'une énergie malsaine. Sa joue droite avait conservé un aspect humain, mais un effroyable rictus ravageait ses traits. Les croûtes d'acier qui dévoraient le côté gauche de sa face et le croc aiguisé luisaient, comme animées de vie. Seuls ses yeux à l'iris de glace demeuraient impassibles. Ils fixaient le suppliant dont les épaules étaient soulevées de sanglots muets.

« Vous pouviez l'écraser comme une mouche, enragea le Maître des ténèbres. Aussi facilement que ça. »

Il tendit le bras au-dessus de la créature gémissante. Alors, une force d'une violence extrême s'abattit sur l'infortuné. Son dos se creusa, enfoncé par cette poussée qui brisait ses vertèbres. La soudaineté de l'assaut n'avait d'égal que sa sauvagerie. On eût dit qu'un poids phénoménal venait de tomber sur le corps et le broyait. Sous l'impact, la tête de la victime se redressa. Le sang gicla hors de la bouche et des narines. L'homme était mort.

Le second envoyé vacilla. Ses orbites brûlées s'attachaient à son compagnon, comme si les cratères qui autrefois abritaient ses yeux pouvaient contempler les derniers soubresauts qui agitaient encore les membres du cadavre. Oui, il voyait. D'une vision intérieure, pire sans doute que celle offerte aux autres humains, car il n'avait plus de paupières pour fuir l'odieux spectacle. L'image s'imposait à son esprit, s'y gravait, définitive et cauchemardesque. Aussi ses jambes fléchirent-elles et s'effondra-t-il sur le sol, n'ayant même plus la force de quémander pitié. À quoi bon d'ailleurs ? S'il se mettait à prier, il subirait un sort équivalent à celui de son camarade. Il était au-delà du désespoir, dans cette désolation de l'âme où Mordom se plaisait à conduire ses proies, objet livré en pâture à la barbarie du Maître. Un insecte. Le sorcier avait trouvé le mot juste.

« Parle, exigea le mage que l'exécution avait un peu calmé.

– L'enfant n'était pas chez lui, commença le malheureux qui puisait dans ses ultimes ressources pour mener son récit. Nous nous sommes saisis de ses parents. Ils sont ici. »

Peut-être ce détail endiguerait-il la cruauté du souverain ?

« C'était bien le moins que vous puissiez faire. Mais n'espère pas ma clémence pour cela. Je n'ai que faire des comparses, balaya Mordom.

– Nous avons pensé que ce serait une monnaie d'échange...

– Tu penses, maintenant ? C'est un peu tard ! »

L'ironie cinglante de la remarque précipita les aveux : « Après avoir neutralisé les parents, nous avons attendu que l'écolier revienne. Mais il a dû être prévenu car il faisait nuit noire lorsqu'il s'est présenté. Une fille l'accompagnait, ainsi qu'un aigle.

– C'est bien lui ! explosa le sorcier que l'exaspération gagnait à nouveau.

– J'ai pointé le faisceau de la téléportation sur eux, mais ils se sont volatilisés à travers une Porte.

– Il a franchi la Porte ! »

L'envoyé fut soulevé à un mètre du sol par une emprise invisible. Sa gorge se marbra de plaques rougeâtres. La respiration coupée, il suffoquait. Ses membres gigotaient afin que se relâche l'étau de magie noire. En vain.

« Savoure cet avant-goût d'agonie, murmura Mordom en s'approchant. J'ai gâché mon plaisir avec ton semblable. Je te réserve de plus doux instants. Ton trépas sera délicieusement long. »

La strangulation cessa et l'homme s'affaissa à terre. Il toussait, crachait sous l'afflux d'oxygène qui labourait ses poumons.

« Où sont les prisonniers ?

– Dans la salle des souterrains, râla le misérable au prix de douloureuses contorsions.

– Allons-y ! »

Mordom traversait déjà l'espace et son ombre léchait les fûts qui soutenaient la voûte. Des étincelles d'énergie dansaient autour de lui, ricochaient sur les blocs de pierre, crépitaient avec frénésie. La créature fut entravée par un filet aux mailles luminescentes. Elles l'enveloppaient sans le toucher, mais, lorsque l'un de ces liens frôlait sa chair, celle-ci éclatait. Mû par un sortilège puissant, le piège fut traîné à la suite du Maître. Les plaintes du supplicié ne troublaient pas Mordom qui, d'un simple geste, actionna les portes monumentales. En temps ordinaire, cinq hommes étaient nécessaires à leur ouverture. Le mage les bougeait comme s'il s'était agi de fétus.

Il bifurqua dans un couloir éclairé par des torches enduites de résine. Leur feu ne faiblissait jamais. Elles ponctuaient sa route, faisant dégoutter des flammes jaunes sur les dalles. Arrivé devant un escalier qui s'enfonçait dans le sol, le seigneur marqua une pause. Il ne fallait pas que son esclave meure. Il s'assura que le sort lancé contre le prisonnier fonctionnait toujours sans pour autant lui ôter la vie. Enfin, il s'élança dans une descente vertigineuse.

Au bout d'une interminable plongée, Mordom atteignit un autre couloir, plus étroit que le précédent, et qui s'ouvrait sur une multitude d'autres. C'était un véritable labyrinthe, aux dimensions d'une ville. Et chacun de ces conduits recelait des dizaines de cachots. Une pieuvre avait envahi les entrailles de l'ancienne capitale des Elfes. Cette œuvre retardait la conquête, mais elle était indispensable. Mordom avait pensé les plans jusqu'aux plus infimes détails, en prévision des exactions futures.

Il savait que son avènement entraînerait des révoltes, que les opposants seraient légion, qu'il lui faudrait mater des rébellions, détruire des vies par centaines. La citadelle de Mordoroc avait été conçue pour accomplir ce dessein. Elle serait bientôt prête à recevoir le flot des damnés, à étouffer leur dernier souffle. Mordom ne put s'empêcher de sourire devant la concrétisation de ses projets. Sa demeure était grandiose. Aucun roi, aucun empereur n'avait jamais approché sa création. Les pyramides des pharaons, la Babylone antique n'étaient que de piètres réalisations en comparaison. Mordoroc était un cauchemar dédié à la douleur. Une glorification de la face obscure de la sorcellerie. Cette voie terrible où nul ne s'était aventuré aussi loin que lui. Il caressa le chancre de métal qui rongeait son visage. Faible contrepartie en échange de la royauté suprême ? Bientôt... Quand Tom Cox serait pulvérisé.

À la pensée du jeune apprenti, son irritation enfla. Il stoppa devant une porte de fer. L'atmosphère était lourde d'une humidité à laquelle se mêlait une odeur de sang et de déjections diverses. Mordom considéra l'homme en lambeaux qui gisait derrière lui, toujours ligoté dans le filet magique : « Tu ne m'es plus d'aucune utilité désormais. Il est temps de t'offrir ton dû. »

En un grincement sinistre, le battant pivota sur une cellule baignant dans une obscurité moite.

« Tu es le premier à expérimenter ce traitement. J'ai usé de tous les raffinements de mon art pour créer la

chose qui t'attend. Elle a réclamé beaucoup de soins. Mais tu vas juger par toi-même de ses possibilités. »

Le prisonnier fut projeté au centre du cachot. On pouvait entendre les pulsations de sa respiration sifflante. Doucement, une forme s'étira dans l'angle le plus éloigné de la porte. Il y eut un bruit de succion, suivi de crachotements. Un bras rampa vers l'envoyé. C'était un tentacule brun, couvert de petites bouches avides. Pourtant, la forme plus imposante de la créature restait tapie dans les ténèbres. Deux pupilles scintillèrent, braquées sur leur proie.

« Goûte aux baisers de ma merveilleuse fille », susurra Mordom.

Un hurlement inhumain ébranla les murs tandis qu'une expression extatique transformait le visage du sorcier. Il patienta de longues minutes sur le seuil, pour se repaître de la scène. Puis il claqua la porte et se dirigea droit vers la salle principale, au centre du réseau de couloirs souterrains. Comme toujours, après une mise à mort particulièrement réussie, il se sentait exalté, plein de vigueur.

Ses invités avaient été placés en évidence, devant un chevalet encore taché de sang. Leur pose avait quelque chose de grotesque. Surtout celle de la femme. Son corps avait gardé l'empreinte de la terreur qui l'avait surprise. Le mari, quant à lui, levait un poing dérisoire. Ces représentants de la lignée des Fairystorm étaient ridicules. Le mage dirigea son énergie sur l'homme.

Mathieu Cox sortit de son sommeil artificiel. Ses muscles le faisaient atrocement souffrir. Mais en découvrant le personnage qui l'observait, il se raidit : « Que voulez-vous ? Pourquoi ne laissez-vous pas ma famille en paix ? »

Ces quelques mots lui avaient énormément coûté. Car, en plus de l'engourdissement qui malmenait son organisme, la vision de Mordom et de sa lèpre l'avait fauché. Une lame d'épouvante déferlait sur lui. Il se mit à claquer des dents malgré ses efforts pour souder ses mâchoires.

« Vous êtes aussi agaçants que des moustiques, siffla le sorcier. Vous tournicotez autour de mes oreilles, je vous chasse, mais vous revenez toujours. Heureusement, je compte mettre un terme à vos bourdonnements.

– Pourquoi ne l'avez-vous pas déjà fait ? Vous n'avez pas hésité quand il s'est agi de mes parents.

– Ce bon vieux Louis et sa chère épouse... Ils m'ont donné bien du fil à retordre. »

Une note de nostalgie perça dans les propos du Maître des ténèbres. Mais elle fut très vite étouffée. Mathieu en avait profité pour regarder autour de lui. Sophie était à ses côtés, figée comme une statue. Il réfréna son envie de la prendre dans ses bras.

« Vous ne tarderez pas à les rejoindre, continuait le seigneur qui n'avait rien perdu des émotions qui bouleversaient son prisonnier. Une fois votre rejeton liquidé, rien ne viendra plus me gêner.

– Ça veut dire qu'il a filé entre vos doigts ! » exulta Mathieu en reportant son regard sur son bourreau. En dépit de l'horreur qui l'étreignait, il éprouva une immense fierté. Tom était sain et sauf. La tentative de Mordom était un échec.

Le Maître saisit cet espoir qui bravait sa puissance : « Ne vous réjouissez pas trop rapidement. Certes, Tom a passé la quatrième Porte, mais je lui réserve une embûche de mon choix. Un messager est déjà sur place. Il guette le moment opportun pour intervenir. Il a pour consigne d'être sans pitié. Il ne s'agit plus de ramener votre fils. Il doit procéder à son extermination.

– Tom est plus malin que vous ne l'imaginez, il s'en tirera, le défia Mathieu.

– C'est peu probable, se contenta de souffler le mage. Quand bien même mon émissaire échouerait, je dispose maintenant d'arguments de taille. Avec vous quatre sous la main, je pense que les négociations seront de courte durée.

– Nous quatre ? »

Quelle manigance avait encore inventée ce dément ?

« Oh ! J'ai omis de vous révéler un détail, railla Mordom. Je n'ai pas tué Louis et Déborah. Ils moisissent dans un de mes cachots. Et vous aurez bientôt le privilège de les retrouver. Vous voyez, je ne suis jamais sans ressource. »

12

« VOICI L'OCCASION RÊVÉE de montrer ma culture, intervint Tooloo. Je ne suis qu'un oiseau, mais je n'ai pas la cervelle atrophiée. Le sorcier de la Montagne Noire, mon ancien maître, était un passionné de géographie. Dès qu'il avait une seconde de loisir, il plongeait le nez dans des atlas et des guides touristiques. Ensuite je devais subir ses commentaires... »

Un frisson ébouriffa le plumage de l'oiseau.

« J'ignorais alors que cela me serait utile, poursuivit-il en faisant un effort pour chasser ses souvenirs. Les Aztèques sont les anciens habitants du Mexique. Ce qui veut dire que la Porte s'est ouverte au mauvais endroit. Bourde minime. Du Mexique au Pérou, à vol d'oiseau, il n'y a que quatre mille kilomètres. À raison de trente kilomètres par jour, nous pouvons y être dans... »

Pat interrompit son calcul : « C'est le bouquet ! fulmina-t-elle en croisant les bras sur sa poitrine. Les Aztèques ! Et tu prétends que tu possèdes des pouvoirs ! Ils ne sont pas diminués ou détériorés, pour reprendre une de tes expressions. Ils sont complètement H.S. Les Aztèques ! Pourquoi pas les Papous ou les Esquimaux ? Nous aurions autant de chances de dénicher ton Tatloc

Machin-chose dans une peuplade de Mongolie qu'ici. Bravo ! Tu es le champion toutes catégories des voyages dans le temps. *Il faut que je secoure mes parents, je dois absolument trouver le grand mage inca.* Tu m'arrêtes si je me trompe. Résultat des courses, nous voilà égarés en plein Mexique avec un bébé braillard et un morveux qui veut que j'avale des fourmis. Mais ne paniquons pas, Tom Cox va créer une autre Porte. Si nous débarquons chez les Apaches, il suffira de s'excuser avant qu'ils nous scalpent et de recommencer le processus. On finira bien par atterrir au bon endroit. D'accord, ça peut prendre des années. Cela dit, nous sommes jeunes, nous avons le temps. J'espère seulement que nous ne serons pas des vieillards tordus par l'arthrose et les rhumatismes quand nous rencontrerons enfin Tatloc Truc-bidule. »

Lorsqu'elle eut déversé toute sa hargne, la jeune fille me tourna le dos et partit s'asseoir en retrait de notre petite troupe. Visage d'eau et les deux enfants stationnaient toujours autour du foyer. Je m'étais mis à l'écart pour annoncer la nouvelle à mes deux acolytes. Grand bien m'en avait pris. La sortie de Pat aurait ravivé les appréhensions du guerrier. Tooloo secoua la tête avec résignation : « On ne peut pas lui donner tort, même si elle s'est laissé un peu emporter. Cette jeune fille me semble un peu soupe au lait. Avec ce caractère de cochon, elle ne doit pas crouler sous les amis. Imagine que tu organises une boum et qu'elle fasse un scandale à cause des amuse-gueules qui ne sont pas à son goût...

Ça jetterait un tel froid que ta soirée serait fichue. Elle a d'ailleurs vexé Bonne Fontaine en refusant catégoriquement de pincer les fourmis entre ses doigts et de mordre dans leur abdomen gorgé de miellat.

– On ne fait plus de boum, objectai-je. Et on ne sert pas des amuse-gueules entre collégiens, surtout pas des insectes. Ton vocabulaire a besoin d'être réactualisé. Tu as l'air d'un papy qui joue les ados.

– Je n'ai pas fréquenté les mêmes milieux que toi, répliqua Tooloo d'un air pincé. Mais ce n'est pas l'heure de t'enseigner les subtilités du savoir-vivre. Tes manières un peu frustes peuvent charmer certaines personnes. Moi, j'ai côtoyé des stars.

– Sûrement, approuvai-je au comble de l'exaspération. Le sorcier de la Montagne Noire hébergeait Céline Dion chaque week-end. Elle faisait l'aller-retour Europe/États-Unis afin de comparer ses connaissances en géographie. »

Mon aiglon demeura le bec ouvert. Pris en flagrant délit de mensonge, il ne savait comment répondre. Il choisit de détourner la conversation : « Toujours est-il que nous sommes dans la panade. Tout se déroulait trop facilement, j'aurais dû me méfier. Ta magie débloque, je suis bien placé pour le savoir. Il ne faut pas y avoir recours, sauf cas exceptionnel. Sans quoi nous allons tous finir transformés en pudding. Médite ce conseil. Ou plutôt, allons manger, on réfléchit mieux l'estomac plein. »

Et il m'abandonna pour piquer vers le lapin qui dorait sous les flammes.

Quels ingrats ! Mes deux amis agissaient comme si j'étais responsable de nos mésaventures.

« C'est prêt ! » annonça Bonne Fontaine.

Le dîner fut maussade, malgré le bavardage du garçonnet. Nous lui répondions par monosyllabes, trop soucieux pour deviser librement. Bientôt chacun s'allongea sur une des nattes qu'avait étalées Visage d'eau et, sans nous souhaiter bonne nuit, nous cherchâmes le sommeil. Le chevalier-aigle était resté près du feu qu'il entretenait régulièrement. Au bout d'une heure, ne parvenant toujours pas à dormir, je le rejoignis. Il avait retiré son casque et je vis que sa chevelure était entièrement blanche.

« La route sera longue, m'avertit-il. Tu devrais te reposer. »

Il remuait les braises de la pointe de son épée. Lui arrivait-il de s'en dessaisir ? Il la maniait avec dextérité, comme si c'était le prolongement de son bras. J'étais sur le point de lui confier que j'avais connu le quotidien des soldats, mais cette confession m'entraînerait sur une pente trop délicate et je m'abstins. De toute façon, je n'étais pas nostalgique de cette expérience.

« Pourquoi n'allez-vous pas vous coucher ? demandai-je. Vous aussi vous allez devoir marcher longtemps.

– J'ai pris l'habitude des tours de garde lors de mes années passées dans l'armée. C'est une existence rude.

Elle forge le corps et l'esprit. Cette nuit, je préfère veiller. J'ai l'impression qu'un jaguar rôde. À moins que ce ne soit un lynx ? Tant que le foyer brûlera, il ne s'approchera pas. »

J'acquiesçai pour me donner des airs de dur à cuire. En réalité, je n'étais pas du tout au courant des mœurs des félins et la présence de l'un d'entre eux dans les parages me m'enchantait guère.

« Bonne Fontaine nous a dit que vous étiez une souris..., débutai-je en jetant des regards discrets sur les fourrés.

– Cet enfant ne sait pas tenir sa langue ! Dès que nous serons chez son oncle, je lui percerai la langue avec une épine. »

Le vétéran paraissait furieux. Tout en me dévisageant, il fendit une grosse bûche du tranchant de son arme. L'avertissement était clair. Le guerrier n'hésiterait pas à recourir à la violence et, par ma faute, l'enfant endurerait un châtiment monstrueux.

« Ne lui faites pas de mal, plaidai-je, il est trop jeune. »

Visage d'eau éclata de rire : « C'est parce qu'il est en âge d'apprendre que je lui appliquerai la punition qu'il mérite. Je vois que nos méthodes d'éducation te heurtent. Les parents ou les professeurs ont souvent recours à ce système dans mon pays. Piquer un chenapan avec une épine d'agave n'a rien de monstrueux. Dans nos écoles, on fouette à coups d'orties les étudiants récalcitrants.

On les suspend aussi par les pieds au-dessus d'un feu arrosé de piment. Et lorsqu'on a affaire à un menteur chronique, on lui coupe les lèvres. »

Je grimaçai devant cette liste de sévices. Le vétéran, quant à lui, demeurait impassible. Son regard rivé au mien, il sondait mes réactions. Il semblait vouloir calculer mon degré de résistance. Heureusement que nos enseignants n'agissaient pas de même ! Après les élucubrations que je lui avais servies, Mlle Pimbois aurait été en droit de me faire passer un très mauvais quart d'heure.

« Ne juge pas sans savoir, poursuivit le soldat. Ce n'est pas parce que ton peuple possède des usages différents que tu dois nous considérer comme des barbares. Tu as beaucoup à apprendre sur les Mexica. J'ai longtemps voyagé quand j'étais souris. Moi aussi, j'ai été confronté à des coutumes qui m'ont semblé bizarres. Mais lorsque j'ai mieux connu les pays que je traversais, j'ai compris que chacune avait sa raison d'être. Au point que j'en ai adopté certaines. »

J'étais plutôt d'accord avec ce raisonnement. Sauf que je me voyais mal en train de trancher le bec de Tooloo, si menteur qu'il soit, ou de rouler Pat dans un buisson d'orties pour calmer ses sautes d'humeur.

« Une souris est un espion, expliqua le vieillard. Notre empereur, Montezuma, en utilise par centaines. Il ne doit pas quitter de l'œil ses voisins afin de ne pas être pris au dépourvu si une attaque survient. Évidemment, il n'en est plus de même aujourd'hui. Je te parle du temps où les hommes blancs n'avaient pas franchi l'océan. Il s'agissait alors de contrôler des provinces lointaines. Les habitants tentaient de secouer le joug aztèque et de reconquérir leur indépendance. Nous avions beau élever leur niveau de culture, ils luttaient périodiquement pour leur liberté. J'ai moi-même participé à ces combats. Quelle époque héroïque ! Hélas, depuis des décennies, les principales batailles ont lieu au cours des guerres fleuries.

– Des guerres fleuries ?

– Ce sont des campagnes militaires qui n'ont pas pour but de remporter des territoires ou de mater des rebelles. Elles servent à approvisionner les dieux. »

J'écarquillai les yeux sous l'étonnement. Comment une hécatombe pouvait-elle satisfaire des divinités ? Quoique, en songeant à l'idole qui ornait le temple où mes amis et moi étions arrivés, je n'eusse pas de peine à croire que la religion de ces contrées soit sanguinaire. En fait, j'étais bien en deçà de la réalité.

« Pour que le jour naisse et que le monde perdure, il faut le nourrir », dit Visage d'eau. Sa voix avait pris un ton révérencieux. Je sentis que nous entrions dans le domaine des croyances intimes du vieil homme et qu'il n'accepterait pas d'être contredit. « Qu'avons-nous à offrir de plus précieux, sinon notre vie ? Le sang humain est l'aliment favori des dieux. Si nous ne leur en donnons pas à boire, ils se vengent et déclenchent d'effroyables cataclysmes. Il y a plus d'un faisceau d'années, lorsque la grande famine décimait la population, l'Orateur Sacré de l'époque a eu l'idée d'instaurer les guerres fleuries. Comme il n'y avait plus d'ennemi dans l'Empire, il a convoqué ses alliés et tous se sont mis d'accord pour engager une immense confrontation. Les guerriers ont approuvé car ils pourraient y mesurer leur bravoure. Chaque camp a ainsi pu faire une moisson de prisonniers. Il ne fallait pas tuer l'adversaire, mais le capturer et le ramener dans la capitale. Là, nos prêtres ont procédé à d'innombrables mises à mort. Lorsque les victimes ont été immolées, le fléau a cessé et notre peuple a mangé à sa faim. De même, lors de l'inondation qui a englouti les bas quartiers de Tenochtitlán, c'est grâce au massacre que les choses sont rentrées dans l'ordre.

– Comment s'y prend-on pour tuer autant d'hommes ? Ils ne se révoltent pas, ne cherchent pas à fuir ? insistai-je.

– Les prêtres incisent leur poitrine et leur arrachent le cœur. Voilà une mort glorieuse qui permet d'accompagner le soleil dans sa course somptueuse et de se réincarner en colibri pour vivre à jamais parmi les fleurs. Les élus, fauchés sur le champ de bataille ou sur la pierre du sacrifice, ont l'assurance de ne jamais connaître Mictlan, l'Endroit Ténébreux. Maintenant que je suis sur le déclin, je regrette d'avoir été trop valeureux pour finir mes jours sur l'autel de mes ennemis. »

J'avais rencontré des difficultés pour m'endormir. Mais,

après le récit du chevalier-aigle, il n'était plus du tout question que je ferme l'œil. Les braises étant mourantes, le vieillard saisit ce prétexte pour partir ramasser du bois. Je crois qu'il voulait surtout être seul. Le rappel de son passé l'avait plongé dans une infinie tristesse. Le poids de l'âge était descendu sur ses épaules et les avait voûtées. Je retournai donc sur ma natte, l'estomac noué. Qu'adviendrait-il de nous dans un pays où la mort d'un être humain était aussi négligeable ? Je décidai de ne pas parler à mes compagnons de cette nouvelle donne. Ils étaient déjà assez irritables comme cela.

« Tom ! »

Mon nom venait de trouer la nuit. Je sursautai avant de me mettre debout en un clin d'œil. Mes camarades dormaient comme des loirs. Avec la journée harassante que nous avions traversée, une charge de mammouths ne les aurait pas réveillés.

« Tom ! »

L'appel provenait d'une petite butte en surplomb de notre campement. C'était un murmure, mais il contenait quelque chose d'impérieux qui indiquait clairement qu'il y avait urgence. Je contournai le talus, pas très fringant. Plus je m'éloignais, plus l'obscurité s'épaississait. Je finis par tendre les bras en avant pour ne pas heurter une branche. Une main agrippa mon épaule et je réprimai de justesse un cri de terreur. Visage d'eau était à quelques centimètres de moi. Une expression féroce figeait ses traits : « Le jaguar va attaquer. Il doit être affamé. Le feu ne le retiendra plus. Ses feulements sont trop agressifs », glissa-t-il à mon oreille.

L'effet de ses paroles fut immédiat. J'avais les jambes en coton et le cerveau en porridge.

« Place-toi sur la gauche. Tu serviras d'appât. »

Nom d'un tournebroche ! Voilà que je jouais le rôle du rôti !

« Nous n'avons pas le choix, compléta le guerrier avec précipitation. Si tu t'écartes du groupe, tu offriras une proie trop facile pour qu'il l'ignore. »

Merci, mais j'aurais préféré faire nombre. Selon l'adage bien connu, plus on est de fous, plus on rit. La présence de mes camarades, même endormis, me rassurait. À distance du campement, tout pouvait survenir. Mon destin tenait dans les mains du vieillard. Il perçut mes réserves car il me fournit un argument décisif : « S'il bondit sur les enfants, j'aurai du mal à viser. Il peut avoir le temps de blesser gravement l'un des nôtres. »

Super ! Le titre de casse-croûte me revenait. Au menu ce soir, le chef propose du Tom Cox à point !

« Pas d'affolement, je suis là. »

Et pour contredire cette affirmation, Visage d'eau s'éclipsa. J'espérais qu'il avait repris du poil de la bête et que son accès de déprime n'avait pas ralenti ses réflexes. Je n'avais pas mille options. Je me traînai sur quelques mètres avec la grâce d'un semi-remorque. Dans ma tête, une voix aigrelette chantonnait « Y a d'la joie ». Je répétai intérieurement ce refrain car j'avais l'impression que, dès que je m'arrêterais, je serais fichu. « Y a d'la joie », deux pas. « Y a d'la joie », deux pas supplémentaires. À ce rythme, je ne gagnerais pas les jeux Olympiques. « Y a d'la... » Un grognement stoppa net la rengaine. Le félin m'avait repéré. De toute façon, mes dents claquaient tellement fort qu'il aurait fallu qu'il soit complètement sourd pour passer à côté d'une si belle occasion. J'étais prêt à me faire pipi dessus. De quoi aurais-je l'air, le pagne souillé ? Ma dignité ne me tracassait pas beaucoup.

Il y eut un froissement dans les feuillages et j'aperçus une masse qui se propulsait comme un boulet de canon. Par bonheur, tout alla très vite. Avant que je puisse hurler, l'animal était sur moi, gueule ouverte. Je pus même distinguer ses crocs luisants de salive. Mais son élan fut coupé et son corps dévia tandis qu'explosait un bruit mouillé. Le fauve roula à terre en râlant.

Visage d'eau sortit des ténèbres comme un diable à ressort de sa boîte.

« Joli coup ! » s'exclama-t-il.

Je n'avais rien vu, mais je lui aurais bien sauté dans les bras. Était-ce réellement fini ? J'étais encore partagé entre l'effroi et le soulagement.

Le vieil homme m'avait dépassé et s'inclinait sur la bête encore palpitante. Il en retira son épée qui s'était plantée au niveau du poitrail. Le chevalier-aigle l'avait lancée à la volée. Une chance sur un million de faire mouche !

« Pas la peine de mentionner cet incident, Bonne Fontaine est assez perturbé comme ça », commenta-t-il en essuyant son arme.

J'étais d'accord. À vrai dire, j'étais d'accord avec tout ce qu'il pourrait dire. Et cela tenait du miracle que mon pagne soit encore sec.

13

Nous nous levâmes dès l'aube. Visage d'eau avait préparé un petit déjeuner typique : de la farine de maïs et du miel dilués dans de l'eau. Il nous expliqua que c'était la ration des guerriers engagés dans une campagne. Cette espèce de bouillie, un peu fade, avait l'avantage de tenir au corps. Au bout de deux ou trois bouchées, nous étions rassasiés. Ainsi qu'il l'avait résolu, le chevalier-aigle passa sous silence l'épisode du jaguar. La trempe de ce vieil homme m'époustouflait et son caractère constituait une énigme. Il fallut ensuite nourrir Trois Roseaux pendant que notre guide démontait le campement et répartissait les charges. Malgré sa frêle ossature, il soulevait une cinquantaine de kilos. Je faillis lui demander pourquoi il n'utilisait pas une carriole afin de s'épargner cette fatigue, mais l'état de la route me fit vite comprendre combien ce moyen de transport était inadapté. Seul un homme pouvait circuler parmi les pierres inégales qui formaient le chemin. Des roues auraient été bloquées tous les deux mètres. De toute façon, le soldat paraissait d'humeur taciturne et, plusieurs fois, je le vis observer avec inquiétude la forêt qui nous enveloppait. Redoutait-il la présence d'autres fauves ? Je ravalai donc mes questions et portai mon attention sur mes camarades. Pat ne m'avait pas adressé la parole depuis notre réveil. Elle marchait aux côtés de Bonne Fontaine et marquait son indifférence à mon égard en prenant soin de ne jamais croiser mon regard. J'aurais aimé être insensible à cette bouderie et, intérieurement, je pestais contre cette attitude puérile. La jeune fille ne pourrait pas m'éviter continuellement, tôt ou tard il lui faudrait bien faire la paix. Je n'avais qu'à l'ignorer à mon tour. Hélas, une boule s'était formée dans mon estomac et je savais que ce malaise ne cesserait que lorsque nous nous serions réconciliés. J'étais quelque peu étonné d'accorder tant d'importance à notre bonne entente. Après tout, nous n'avions sympathisé que depuis la veille, et jusque-là, Pat ne faisait pas partie de ma vie. Évidemment, les événements avaient créé des liens. Mais tout de même, je n'allais pas me rendre malade à cause de ça ! Si au moins Tooloo était venu me distraire. Lui aussi se montrait distant. Il volait d'un pin à l'autre, précédait parfois notre groupe ou traînassait à l'arrière. Cependant, il ne vint pas se poser sur mon épaule pour échanger quelques mots. Eh bien, que ces deux cabochards restent dans leur coin ! J'accélérai le pas afin de rejoindre le chevalier-aigle. Il m'accueillit avec un curieux claquement de langue.

« Un lynx est-il sur nos traces ? demandai-je, pas très chaud pour revivre une frousse de la taille de celle de la nuit.

– Non, grimaça le vétéran. Ce sont des prédateurs bien plus inquiétants que je redoute. »

Ses yeux balayaient les collines environnantes recouvertes d'une forêt beaucoup moins dense que celle où nous avions fait halte.

« Des brigands nous ont pris en chasse. Ils attendent l'endroit propice pour monter une embuscade. Ça m'étonnerait que nous arrivions à Cholula sans coup férir. »

L'anxiété tendait sa voix. Je me mis à guetter les taillis dont la minceur me parut soudain trompeuse.

« Vous êtes sûr ? finis-je par questionner. Nous ne transportons rien de précieux. Quel butin escomptent-ils retirer d'une attaque ? »

Visage d'eau exhiba son épée.

« Cette arme peut suffire à attiser leur cupidité, expliqua-t-il. Ils en obtiendraient un bon prix auprès d'un commerçant peu regardant sur son origine. À moins qu'ils ne cherchent des victimes à vendre aux prêtres pour les sacrifices. »

La vision d'une main plongeant dans ma poitrine pour en extirper le cœur me traversa l'esprit.

« Ils sont quatre, poursuivit le guerrier. Mais ce sont des poltrons. Ils auraient pu donner l'assaut à l'aube, pendant que nous déjeunions. Le terrain était trop à couvert, c'est ce qui les a fait patienter. Je crois qu'ils préfèrent nous tomber dessus dans une passe. Comme le chemin va en s'escarpant, il sera beaucoup plus difficile de fuir ou de se cacher lorsque nous aurons atteint les contreforts de la montagne. »

J'essayai de mesurer nos chances, mais j'étais loin de posséder l'expérience de Visage d'eau. Le bébé ralentirait considérablement notre course si nous étions amenés à détaler. Notre défense reposait donc entièrement sur l'adresse du soldat. Même s'il restait vaillant pour son âge, je doutais fort qu'il résiste longtemps en face de quatre ennemis déterminés.

« Ne devrions-nous pas avertir les autres ? murmurai-je.

– Pas tout de suite, répliqua mon interlocuteur. La peur risque de les affaiblir. S'ils passent la journée à tressauter au moindre craquement de brindille, ils seront tétanisés lorsque surgira le danger réel. »

J'acquiesçai. Cette précaution révélait une profonde connaissance de la nature humaine. Alerté, Bonne Fontaine paniquerait pour sa petite sœur. Quant à Pat, elle avait déjà du mal à se remettre des bouleversements de la veille. Ce nouveau péril serait la goutte d'eau qui ferait déborder le vase.

« Ne pouvons-nous pas les semer ? m'enquis-je sans trop y croire.

– Nous sommes trop lents, constata notre guide. Ces canailles savent ce qu'elles font. Notre seul espoir serait de croiser d'autres voyageurs. Hélas, depuis les exactions commises par les hommes blancs, les échanges commerciaux se sont raréfiés. Nous ne sommes pas franchement en guerre, mais c'est tout comme. Les marchands hésitent à prendre la route. »

Cela faisait plusieurs fois que le vieil homme évoquait la venue d'étrangers au teint pâle. Je n'avais pas accordé beaucoup d'intérêt à cette information. Pourtant la vie de l'Empire aztèque semblait être affectée par cette intrusion. Malgré la menace qui planait sur nos têtes, et peut-être pour faire diversion, je décidai d'en savoir plus.

« Qui sont ces étrangers ? »

Visage d'eau soupira bruyamment.

« Un fléau de la pire espèce. Plus abominable encore que la maladie peinte qui accable certains des nôtres. Elle dévore leur chair, la colore peu à peu d'un bleu livide et les condamne au trépas, car il n'existe aucun remède. Celui qui est contaminé sait que ses jours sont comptés. Eh bien, il en est de même avec ces démons qui voyagent sur la grande mer d'Orient. Depuis qu'ils ont accosté, ils conduisent notre pays à sa perte. Si Montezuma, notre Vénéré Suzerain, n'y met pas un terme, ils nous détruiront aussi sûrement qu'une épidémie. »

J'avais entendu parler des conquistadores et de la découverte de l'Amérique par Christophe Colomb. Je me souvenais vaguement des massacres perpétrés par les envahisseurs. Avec un effectif plus que limité, ils avaient brisé les soulèvements, anéanti la population. Comment était-ce possible ? Le vieillard m'apporta une partie de la réponse.

« Voilà des lunes que nos astrologues prophétisent un cataclysme. Selon eux, les signes avant-coureurs se sont multipliés. Il y a eu la brusque montée des eaux du lac qui entoure Tenochtitlán, la chute d'étoiles et le passage de nuées chevelues dans le ciel noir de la nuit. Nous aurions dû nous méfier. Mais le chef des Espagnols – c'est le nom ridicule dont ils se sont affublés – avait l'apparence de notre Serpent à plumes, Quetzalcóatl. »

Visage d'eau s'était figé. Je vis tous les muscles de son corps se tendre. Son nez busqué accentuait encore sa ressemblance avec un rapace. Tel un faucon qui scrute un pré, épie chaque brin d'herbe pour déceler le plus léger mouvement, il inspectait les bosquets de plus en plus épars. Son œil avait-il perçu un changement anormal dans le paysage, un déplacement furtif ? Au bout d'une minute, il parut renoncer à son minutieux examen. Alors que je tremblais encore de cette fausse alerte, il enchaîna comme si aucune interruption n'avait eu lieu.

« Le dieu Quetzalcóatl a disparu sur l'océan quand son frère l'a chassé. Alors son règne a pris fin. Les textes sacrés affirment qu'il doit revenir récupérer son royaume. Il avait la peau claire et le menton poilu. Quand les Espagnols ont touché le rivage, avec leur immense maison flottante, nous avons cru que nous allions célébrer le retour de notre divinité. Leur commandant, Cortés, en était le sosie. Il était d'une couleur maladive et ses joues s'ornaient de plus de poils que le corps d'un porc-épic. Mais il suffit d'approcher une seule fois ces hommes pour être convaincu que ce sont de vulgaires humains, pas plus divins que toi et moi. Ils puent comme dix latrines réunies. Une odeur plus mauvaise encore que celle des parents de nos guerriers qui ne doivent pas se laver tant que leur fils n'est pas revenu du champ de bataille. Une véritable infection, qui fait se convulser les serpents sur leur passage. Cortés a demandé à rencontrer Montezuma. Il prétendait avoir des intentions pacifiques, être le porte-parole d'un grand roi qui souhaitait saluer son égal. En fait, les étrangers en voulaient à notre or. Ils salivent devant ce que nous appelons les excréments du soleil. Ils s'entretueraient pour un morceau de ce métal. Hélas, une fois invités dans notre capitale, ils ont mis la main sur l'Orateur Sacré et, maintenant, ils le gardent prisonnier dans leurs quartiers. Montezuma a enduré cette humiliation dans le seul but de préserver son peuple. Il ne voulait pas d'un bain de sang dans sa ville et comptait sur le départ des Espagnols. Il les a couverts de cadeaux, les a abreuvés de richesses. Il pensait que lorsqu'ils seraient repus, ils décamperaient. Si tu veux mon avis, c'était un mauvais calcul, car plus on leur a donné, plus ils ont réclamé. Il fallait les tuer sur-le-champ. Notre Souverain le comprend désormais. C'est la raison pour laquelle il m'a envoyé en mission. Je dois contacter nos alliés de la cité de Cholula afin qu'ils augmentent nos troupes si l'Empereur décide de combattre. Mais ma demande sera sans doute inutile, car mes compatriotes sont ulcérés. La tension était à son comble quand nous avons quitté Tenochtitlán. Qui sait si les habitants ne se sont pas déjà insurgés contre cette vermine de Cortés ? »

Le vétéran s'accroupit d'un seul coup. Il avait posé sa main sur mon crâne pour que je me baisse moi aussi. Cela fut si soudain que je faillis rouler par terre. Heureusement, la poigne du soldat me fit retrouver mon équilibre.

Le sentier sur lequel nous avancions émergeait de la forêt. Devant nous, une pente aride s'élevait. De rares buissons d'épineux subsistaient dans la rocaille. Çà et là, des éboulis griffaient le flanc de la montagne. Ces amas de roches offraient de multiples cachettes. La peur qui s'était dissipée au fil de notre conversation me tarauda à nouveau. Et, pour confirmer mes craintes, Visage d'eau ordonna : « Il est temps de prévenir les autres. »

14

« Je vais voir ce que je peux faire », annonça Tooloo qui partit à tire-d'aile. Notre aiglon constituait un atout clé. Il pouvait survoler les bandits sans attirer leur attention et revenir nous renseigner sur leur stratagème. Pas question de se priver de cet avantage. Bien sûr, Visage d'eau ignorait encore que l'oiseau conversait comme n'importe quel humain. Je m'interrogeais sur sa réaction. Accepterait-il ce prodige avec sa désinvolture habituelle ? Ou sa curiosité serait-elle enfin titillée ? Je m'imaginais mal en train de lui mentir, mais quelle explication donner qui soit crédible aux yeux du vétéran ?

C'était sans compter sur son esprit pratique. Dès le retour du volatile, j'allai l'informer de la situation. Nos ennemis avaient monté un guet-apens, cinq cents mètres plus loin, dans un virage particulièrement étroit de la route. Le soldat ne chercha à comprendre ni pourquoi ni comment Tooloo parlait. Il se tourna directement vers lui et lui adressa la parole, comme il l'aurait fait avec l'un d'entre nous. S'il était choqué, je ne décelai aucun changement dans son attitude.

« As-tu remarqué leur armement ? » questionna-t-il.

Fier d'être le point de mire, l'aiglon se rengorgea avant

de répondre : « Les deux premiers se tiennent dans des anfractuosités du terrain, afin de bloquer notre retraite une fois que nous les aurons dépassés. Celui de gauche tient une épée dont la lame est composée d'une rangée de dents.

– Elle est façonnée à partir du mufle d'un poisson-scie, expliqua Visage d'eau.

– Celui de droite agite une massue. Les deux autres sont beaucoup plus haut, l'un avec un arc et l'autre avec une lance. En outre, je crois qu'ils possèdent tous un poignard. Mais les premiers étaient recroquevillés, de sorte que je n'ai pas pu détailler. »

Le chevalier-aigle médita un moment. J'en profitai pour observer Pat. Depuis qu'elle était au courant de ce qui se préparait, elle affichait une mine farouche. Je lui trouvai le même air crâne que lorsqu'elle avait commandé la classe lors de l'interro de maths. Sauf que sa détermination était dénuée de toute espièglerie. La gravité altérait l'expression de son visage, le creusait légèrement. Je lui découvris une paire de fossettes de chaque côté de la bouche. Ce n'était pas le sujet, mais je ne pus m'empêcher de la trouver jolie. Elle plongea ses yeux dans les miens, ce qui déclencha un picotement dans ma nuque. Je devais me ressaisir illico presto. Que se passait-il ? Je n'étais pourtant pas victime d'une insolation, puisque jusqu'ici nous avions cheminé à l'ombre. On verra plus tard, m'intimai-je, agacé par cette sensibilité incongrue.

Bonne Fontaine emmaillotait sa sœur le plus étroitement possible. Les membres du bébé, comprimés par le tissu, ne gêneraient pas celui qui le porterait. Je félicitai le garçonnet pour cette initiative. Il hocha la tête sous le compliment, mais sa lèvre inférieure tremblota et ce fut à grand-peine qu'il parvint à retenir ses larmes. Nous étions désormais tous conscients des faibles chances qui nous restaient. L'inventaire que Tooloo avait dressé à propos de l'armement de nos adversaires nous avait sapé le moral.

« Nous faisons demi-tour. »

La voix de Visage d'eau nous avait fait sursauter.

« Abandonnez tout le superflu, dit-il en attachant la calebasse d'eau autour de sa taille. Il va falloir aller vite. Vous passerez devant. Moi, je me chargerai d'effacer nos empreintes. Nous quitterons bientôt la route. Partez, je vous rejoins. Je vais allumer un feu pour duper ces bandits : ils croiront que nous nous sommes arrêtés pour manger. Cela devrait les retenir un peu. Ils ne savent pas que j'ai repéré leur présence et pensent nous plumer comme des dindons. Quand ils s'apercevront de la supercherie, il faut que nous soyons déjà loin. »

J'attrapai Trois Roseaux et la calai sur mon avant-bras. Elle gazouilla avant de clore les paupières. Pat ramassa un paquet de lait déshydraté : « Il ne faudrait pas qu'elle fasse le chambard d'hier. »

J'approuvai tandis qu'un frisson glacé remontait le long de ma colonne vertébrale. Si le nourrisson se mettait à brailler, nous étions cuits.

« Ne sortez pas du sentier avant que je vous aie rattrapés », conseilla le soldat qui entassait déjà du bois mort.

Sans un mot de plus, nous nous mîmes en route. Nous marchions à vive allure mais nous ne courions pas. Inutile de gaspiller nos forces. Pour que le guerrier ait choisi de se replier, il fallait que notre position soit critique. Ne m'avait-il pas confié qu'il lui semblait impossible de semer les brigands ? J'accélérai machinalement.

« Plus doucement », chuchota Pat qui désigna Bonne Fontaine de l'œil. Le gamin crispait les mâchoires pour s'accorder à mon rythme. Son corps chétif était mis à l'épreuve. Je réalisai à quel point notre fuite serait laborieuse. Visage d'eau aurait peut-être dû abandonner son épée avec nos autres biens. Si c'était le trophée qui attirait les pillards, peut-être nous laisseraient-ils tranquilles ? En même temps, c'était là notre unique moyen de défense. Si les bandits voulaient nous capturer, nous serions totalement démunis et alors...

Je me sentais coupable d'avoir embringué Pat dans cette histoire.

« Tu m'en veux toujours ? lui dis-je.

– Nous réglerons ça plus tard », rétorqua la jeune fille en me gratifiant quand même d'un sourire.

La poussière se soulevait sous nos pieds, enduisait nos mollets d'une croûte grise. La forêt restait désespérément clairsemée. Et dans mon souvenir, une bonne heure nous séparait du bois touffu.

« Dans deux mois, on placera une perle entre les yeux de ma sœur, lança Bonne Fontaine.

– Ah bon ! répondit Pat qui avait compris que l'enfant avait besoin de parler pour amoindrir sa frayeur. C'est un ornement traditionnel ? »

Elle avait oublié que son interlocuteur nous prenait pour des dieux et que, en tant que tels, nous aurions dû tout connaître des coutumes aztèques. En tant que tels aussi, nous aurions dû être capables de résoudre nos problèmes. Cela me surprenait que le bambin ne nous ai pas déjà suppliés d'intervenir. Avait-il déjà oublié les circonstances de notre rencontre ?

« C'est pour qu'elle louche, rectifia Bonne Fontaine.

– C'est horrible ! s'indigna mon amie.

– Oh ! non. Les femmes qui louchent sont les plus belles. »

Je me représentai un concours de beauté dans lequel les candidates seraient toutes affligées de défauts de vision. Première dauphine, Sarah la bigleuse ! Miss Univers, Clara la borgne ! De quoi révolutionner les magazines féminins... Ce palmarès fut anéanti par l'apparition de Visage d'eau qui galopait vers nous.

« Quittez immédiatement le sentier ! cria-t-il lorsqu'il fut à notre portée. Les bandits sont à nos trousses. »

Le sang déserta mes veines. Pendant quelques secondes, je fus privé de sensations. Puis la panique s'empara de moi et je me ruai dans les taillis comme un dément. Les branches me lacéraient le visage, fouettaient mon buste. Je crois même qu'elles m'arrachèrent mon manteau, mais je n'y pris pas garde, seuls comptaient le choc de mes talons sur le sol et le soufflet de ma respiration qui distendait mes poumons. Peu à peu, la perception de mon entourage revint. Pat courait à côté de moi, le front buté, les lèvres entrouvertes. Par pur réflexe, j'avais maintenu Trois Roseaux entre mes bras. Le bébé était éveillé et me fixait de ses immenses prunelles. Malgré les secousses, il ne se plaignait pas. À cette cadence, nous serions rapidement épuisés. Les déclivités du terrain cassaient nos jambes. Sans cesse il fallait descendre, grimper, redescendre. Un poing se formait sous mon diaphragme. Je dérapai contre une souche et me rattrapai de justesse. Comment Bonne Fontaine s'en sortait-il ? Nous l'avions peut-être distancé ? Au même instant sa voix s'éleva, nous obligeant à stopper.

« Je n'en peux plus, hoquetait le gamin plié en deux.

– Encore un effort », implora Pat qui revint sur ses pas et l'étreignit.

Il faisait non de la tête, trop essoufflé pour parler. Le chevalier-aigle n'était pas avec nous. Sans doute était-il en train de dissimuler les indices de notre passage.

« Ils approchent ! » hurla Tooloo au-dessus de nos têtes.

Les bruits d'une lutte envahirent la forêt. Visage d'eau avait rencontré nos poursuivants. Il se sacrifiait pour protéger notre retraite. J'entendis des jurons de colère et le claquement des armes qui s'entrechoquaient.

« Viens ! »

Pat avait agrippé l'enfant et le traînait. Nous progressâmes sur une vingtaine de mètres.

« C'est inutile, gémit le petit Aztèque. Sauvez ma petite sœur. Je reste là.

– Tu vas ramener tes fesses ! » enragea Tooloo qui voletait autour du bambin.

Mais c'était trop lui demander. Ses membres flageolaient et des pleurs coulaient le long de ses joues. Nous ne pouvions tout de même pas l'abandonner. Pat désigna un bosquet de pins un peu moins rachitiques que les autres.

« Dissimulons-nous dans ces arbres. Ils passeront peut-être sans nous voir. »

C'était l'unique possibilité.

En deux foulées nous atteignîmes les résineux.

« Il faut grimper », nous pressa la jeune fille.

Elle avait raison. Les ramures s'épaississaient vers la cime. Elle empoigna Bonne Fontaine et lui fit la courte échelle pour qu'il accède aux premières branches.

Un râle atroce nous figea. Qui venait de mourir ? Visage d'eau ou l'un de nos ennemis ? Cela décupla notre énergie. Pat escalada le tronc en exhortant l'enfant à se dépêcher. Je la suivis du mieux que je pus. Trois Roseaux entravait mes gestes. Si je la lâchais, elle se ferait horriblement mal et se mettrait à pleurer. Mes mains s'écorchèrent tandis que j'assurais ma prise. Bientôt nous fûmes tous assez haut perchés pour reprendre haleine.

Il fallait se faire le plus discret possible, car l'écran des aiguilles nous masquait de façon inégale. Si nos assaillants se montraient méthodiques, ils ne manqueraient pas de nous apercevoir.

Ce furent les minutes les plus longues de mon existence. J'essayai de contrôler les battements de mon cœur qui battait la chamade. Une crampe tenaillait ma cuisse mais je ne voulais pas faire un seul mouvement, de peur de nous trahir. Une cloche de silence nous enveloppait, comme si le monde s'était arrêté autour de nous. Nous guettions les plus infimes froissements, tressautant aux cabrioles du vent, aux stridulations des insectes. J'avais la sensation d'être prisonnier de mon corps. Il m'empêchait de m'envoler, de m'évanouir dans l'azur du ciel. Sa plus petite défaillance engendrerait un épouvantable vacarme qui mettrait les brigands sur notre piste. Je jetai un regard en direction de Pat. Elle avait fermé les yeux. Je compris que c'était sa manière de se rendre invisible car moi-même j'avais été tenté d'agir de la sorte. Le nourrisson gazouilla. Mes poils se hérissèrent. Je dégageai mon bras pour le bercer et priai afin que ce balancement suffise. Depuis combien d'heures le bébé n'avait-il pas mangé ? Quelque chose crissa. Je baissai moi aussi les paupières. Mon cœur était sur le point de rompre. Trois Roseaux gigotait contre ma poitrine.

« Voilà de bien beaux fruits, clama une voix aux accents sardoniques. Faut-il leur décocher des flèches ou vont-ils se décrocher d'eux-mêmes ? »

Les bandits nous avaient découverts.

Nous n'osions pas encore bouger, comme assommés par le caractère inexorable de ce dénouement.

« À mes pieds ! »

L'homme avait hurlé avec une puissance et une rage inouïes et le son qu'il avait produit ressemblait davantage au cri d'une bête qu'à celui d'un être humain. J'entamai ma descente, haletant malgré moi. Quand j'eus touché la terre, je me retournai. Les quatre malfrats nous encerclaient. L'un avait une entaille profonde à la hanche et le sang trempait son pagne sale. Je sus aussitôt quelle gorge avait lâché le râle d'agonie : Visage d'eau ne viendrait plus nous porter secours. Nous étions à la merci de ces assassins.

Celui qui paraissait être le chef de la bande nous détaillait calmement, comme on apprécie un morceau de viande sur l'étal du boucher. Lorsque ses yeux croisèrent les miens, je frissonnai. Ce que je lisais dans ses pupilles me donna le coup de grâce. Cet individu n'était pas seulement brutal et inaccessible à la pitié, il était fou. Un fou doublé d'un sadique.

15

Le chef de la bande s'appelait Tizoc, ce qui signifiait Autre Visage, et nous apprîmes rapidement à le connaître. Jamais nom ne fut si bien porté. Il semblait que deux personnalités entièrement différentes coexistaient dans le même personnage. À de rares moments, il se révélait pusillanime, geignait tel un enfant capricieux, donnait des ordres contradictoires à ses subordonnés ou s'abîmait dans une bouderie pleine d'affectation. À d'autres, il entrait en transe. Gare alors à qui le contredisait. Sa physionomie se transformait soudain. Ses joues se teintaient d'écarlate et les veines de son cou saillaient. Sa respiration devenait sifflante, comme si un trop-plein d'énergie bouillonnait dans son corps. Alors sa raison chancelait et il lui fallait résoudre ces crises dans une sauvagerie sans bornes. Il devait se défouler sur ce qui passait à portée de sa main, sans motif le plus souvent. Ses compagnons eux-mêmes subissaient ses tempêtes qui les prenaient au dépourvu. Son ascendant sur le groupe s'expliquait par ces emportements. Il nous en donna un premier exemple en retournant auprès de la dépouille de Visage d'eau. Sans doute n'avait-il pas supporté la résistance du vieil homme. Aussi se livra-t-il aux pires atrocités sur le cadavre de son adversaire. Une façon de soulager sa contrariété. Tizoc commença par rouer de coups le corps du vétéran. Pat ébaucha un mouvement pour s'opposer à cette violence gratuite. Je lui saisis le poignet afin qu'elle reste sur place. Visage d'eau était mort et nous devions éviter de provoquer ses assassins. La rage du forcené croissait au fur et à mesure qu'il frappait. Il finit par ramasser l'épée d'obsidienne et mit le défunt en pièces. Bonne Fontaine ne put supporter ce spectacle. Il détourna la tête et l'enfouit dans la jupe de Pat. C'est alors que le brigand bondit sur ses pieds, empoigna le gamin et plaça l'arme sanguinolente contre sa gorge.

« Je vais te tuer ! Je vais te tuer ! » répétait-il avec hystérie.

Sans l'intervention d'un de ses acolytes, le garçonnet aurait été sa prochaine victime. L'homme agit avec calme et tenta de raisonner le dément à grand renfort de paroles. Il était question de profit, de vente au marché des esclaves ou de rançon obtenue auprès de la famille. En fait, ce n'étaient pas les arguments qui comptaient, mais la mélodie des mots ressassés jusqu'à l'épuisement. Tizoc s'apaisa peu à peu. La rougeur de son visage s'atténua et il finit par nous contempler d'un œil morne. Son complice nous fit signe de reculer. C'était le seul individu de la bande à faire preuve d'un peu de compassion – si l'on peut appeler compassion le souci de ne pas gâter la marchandise. Ses compagnons lui avaient donné le sobriquet de Montagne Noire, en raison de sa taille et de la couleur foncée de sa peau. En effet, il mesurait dans les deux mètres et ses poings valaient toutes les massues. Il resta aux côtés de son chef jusqu'à ce que ce dernier s'endorme. Je n'étais pas médecin, mais il était clair que Tizoc relevait de la psychiatrie, service des soins intensifs.

Du haut d'un pin, Tooloo observait la scène. Lui au moins n'était pas tombé dans les mailles du filet. Il avait échappé à ces brutes, mais j'étais plutôt sceptique quant à l'aide qu'il pourrait nous apporter.

Tandis que Montagne Noire veillait au repos de Tizoc, le troisième larron nous lia les mains. La corde de chanvre entama ma chair et ma circulation fut coupée. L'homme se moquait éperdument de notre confort. Il procéda de même pour nos chevilles, cependant le lien plus lâche permettait de marcher, bien que l'amplitude de nos enjambées soit considérablement réduite. Ensuite, il s'occupa du dernier membre de la bande, celui dont la hanche était entaillée. Il couvrit d'abord la plaie d'un emplâtre étalé sur de la mousse, puis, grâce à une bande de fortune, il maintint ce cataplasme improvisé. Le blessé avait l'air mal en point. Il avait perdu beaucoup de sang et la sueur perlait à son front. Il vomit quelques injures à l'adresse du cadavre et s'abîma dans une torpeur fiévreuse.

Je ne pouvais détacher les yeux de Visage d'eau. Son cadavre atrocement mutilé gisait sur le sol. Ce n'était plus que bouillie. Seule la tête conservait forme humaine, car la boucherie l'avait épargnée. Pour me consoler de cette perte, je pensais que notre protecteur avait rencontré la mort qu'il souhaitait. Il était tombé les armes à la main et je priai pour que son âme aille rejoindre le soleil dans sa course. Coïncidence stupéfiante, un colibri passa. Malgré l'épouvante qui me poignait, je me pris à imaginer que le vieux guerrier s'était réincarné selon ses vœux, qu'il nous saluait une dernière fois. Peut-être nous délivrait-il aussi un message d'espoir...

Hélas, l'espoir nous avait fuis, même s'il était évident désormais que les bandits n'en voulaient pas à nos vies. Si cela avait été le cas, ils n'auraient pas attendu pour accomplir leur sombre forfait. Quant à deviner quelles étaient leurs intentions à notre égard, il aurait fallu être voyant extralucide. Or, mes pouvoirs, qui s'étaient si opportunément manifestés jusqu'alors, paraissaient anéantis. En vain, je fouillai mon esprit. L'énergie était tarie. Et je ne me sentais pas en état de m'appesantir sur cette disparition. L'incertitude nous rongeait. Toutefois nous n'osions pas demander leurs projets à nos ravisseurs de peur de réactiver la fureur de Tizoc. La terreur scellait nos lèvres aussi sûrement qu'un bâillon.

Le temps passa et il fallut s'habituer aux crocs que l'angoisse plantait dans nos estomacs.

Au milieu de la nuit, Pat se leva et s'adressa à Montagne Noire afin d'obtenir de l'eau. Trois Roseaux réclamait son repas. Le colosse consentit à ce que la jeune fille récupère la calebasse de Visage d'eau. Elle sortit le paquet de lait qu'elle avait miraculeusement sauvegardé lors de notre débandade. La boîte était cabossée, mais elle ne s'était pas déchirée. Montagne Noire bouscula mon amie pour s'en accaparer. S'il pensait dénicher des joyaux, il fut déçu. Il renifla l'objet, arracha la partie supérieure et plongea sa grosse patte dans la poudre. Nous tremblions à l'idée que le brigand puisse nous questionner sur la provenance de l'aliment. Mais quand il eut léché ses doigts, il se contenta de lancer l'emballage avant de nous tourner le dos.

La moitié du contenu s'était renversée. J'aidai Pat à ramasser les précieux granulés. Combien de jours resterions-nous captifs de ces hommes ? Si le lait manquait, comment nourririons-nous le bébé ? La petite téta d'une bouche avide. J'enviai son insouciance. Si elle avait pu comprendre les menaces qui planaient sur nos têtes, elle n'aurait pas mangé de si bon appétit.

Je ne sais pas si mes camarades réussirent à fermer l'œil. Pour ma part, je sombrai par intermittences dans un sommeil peuplé de cauchemars. Bonne Fontaine s'était lové près de moi. À chacun de mes réveils, je distinguais ses pupilles dilatées par l'effroi.

À l'aube, Tizoc s'étira. Il sortit peu à peu de son hébétude et fit quelques pas pour se dégourdir. Puis il convoqua ses complices. Pendant qu'ils statuaient sur notre sort, je m'approchai de Pat : « Comment va le bébé ? »

Je n'avais pas le courage de lui demander directement comment elle encaissait notre captivité.

« Pas trop mal », souffla mon amie. Sur ses joues la poussière avait gardé l'empreinte de larmes. « Mais je n'ai presque plus d'eau. »

Je vis qu'elle prenait sur elle. La situation était telle qu'elle ne songeait plus à m'accabler de reproches. Nous étions entrés en lutte pour notre survie et ce combat requérait toutes nos forces.

Les brigands procédèrent à notre interrogatoire. Ils nous appelèrent individuellement. Ce fut d'abord le tour de Bonne Fontaine qui s'avança vaillamment. Tizoc menait l'entretien. Nous entendions sa voix geignarde qui harcelait le garçonnet. Puis il écouta Pat et je fus le dernier. Je dus confirmer que nous étions étrangers. Dès que j'eus fourni cette réponse, le psychopathe me chassa.

La bande tint conciliabule. Tizoc se frottait les mains de joie et lâchait de petits rires nerveux. Enfin, Montagne Noire nous délivra le verdict : « Nous nous rendons à Tenochtitlán. Le mioche et sa sœur seront rendus à leur famille si elle est prête à payer. Vous deux, vous serez vendus comme esclaves. »

C'était sans appel. Si j'avais voulu réfléchir, élaborer un plan, je dus en faire le deuil, car nous nous mîmes en route aussitôt.

Le voyage jusqu'à la capitale dura trois jours. Trois jours d'enfer. À peine l'un d'entre nous faiblissait-il que Tizoc fulminait. Il brandissait l'épée dérobée au vétéran et, sans la présence d'esprit de Montagne Noire, à moins que ce ne soit l'appât du gain, il nous aurait tués. Nous n'avions droit qu'à de courtes haltes. En partie grâce au blessé qui donnait des signes de défaillance. Sa température s'était subitement élevée et il grelottait.

Cependant ses acolytes rouspétaient dès qu'il se plaignait. Même s'il se tordait de souffrance, il s'efforçait de soutenir le rythme des autres. Il savait que personne ne s'embarrasserait de lui s'il devenait un fardeau. Ces minutes de répit ne nous permettaient pas de nous requinquer, elles suffisaient juste à nous faire prendre conscience de notre corps endolori. Nos muscles étaient durs comme de la pierre et chaque pas fichait mille aiguilles dans notre bassin. Pourtant le pire fut la soif. Nous prélevions une part de nos faibles rations d'eau pour nourrir Trois Roseaux. Ses cris exaspéraient Tizoc. Plus d'une fois, il fut sur le point d'étrangler le nouveau-né. Il piaffait, suffoquait, crachait de rage. La privation brûlait nos gorges. Mais nous avions passé un accord tacite : coûte que coûte nous nous serrerions les coudes. Les brèves apparitions de Tooloo ranimaient notre volonté défaillante. Il profitait de toutes les opportunités pour se montrer et nous prouver qu'il ne nous abandonnait pas.

Le troisième jour cependant, le désespoir s'abattit sur moi et balaya toutes mes résolutions. Nous venions de gravir un col. J'étais en lambeaux. Un étau martyrisait mon crâne et ma vue se troublait. Il n'y avait pas une seule partie de mon corps qui ne me fasse souffrir. J'étais à bout. Le blessé, qui de plus en plus souvent se laissait distancer, remarqua Tooloo. L'aiglon nous avait suivis avec toute la discrétion dont il était capable. Malheureusement, à cette altitude, la végétation s'appauvrissait et le vol de notre compagnon devint visible. Alerté par les cris du retardataire, un de nos tortionnaires récupéra son arc et décocha une flèche. La fatigue voilait mes yeux et je ne pus voir s'il avait fait mouche. Je ne compris pas non plus les imprécations du chasseur. Râlait-il contre sa maladresse ou contre l'acharnement que montrait le rapace à nous filer ? Et si mon animal avait été transpercé ? Cette pensée m'acheva. C'en était trop. Je ne désirais plus qu'une chose, que cette torture cesse. Je m'avançai pour supplier qu'on m'exécute. Des braillements couvrirent les mots qui expiraient sur mes lèvres. Était-ce Trois Roseaux ? Je n'aurais pas l'énergie de la soustraire à ces assassins. Non ce n'était qu'un des hommes, nous avions atteint le but de notre périple. Dans la vallée s'étalait la masse imposante de la capitale aztèque, Tenochtitlán. Je plissai les paupières, mais je ne pus discerner qu'une tache blanche bordée d'azur. La cité était-elle bâtie dans le ciel ou étais-je la proie d'une hallucination ? L'activité de mon cerveau se résumait à une litanie : dormir, nous allions pouvoir dormir. Peu importait tout le reste.

Je n'ai plus aucun souvenir de notre descente vers Tenochtitlán. Nous dûmes traverser des faubourgs, croiser des habitants. Peut-être s'inquiétèrent-ils de notre piteuse apparence ? Je ne me rappelle qu'un interminable vertige et un trou noir dans lequel on nous jeta.

16

Deux jours furent nécessaires à notre rétablissement. Les brigands nous avaient enfermés dans une pièce obscure. Des briques bouchaient la fenêtre et, de la porte mal jointe, une lueur filtrait, qui nous permettait seulement de nous déplacer sans nous heurter. Matin, midi et soir, Montagne Noire nous apportait des tortillas avec un grand bol d'une étrange mixture. Elle avait un goût plutôt désagréable, mais la faim ne nous rendait pas tatillons. Nous bénéficiions aussi d'une jarre d'eau et d'une cruche de lait frais qui faisait le régal de Trois Roseaux. Après notre périple à travers les forêts, les champs et les monts qui ceinturaient la ville, ce régime nous parut merveilleux. Bien sûr, l'incarcération nous pesait. Nous avions tout le temps de ressasser des idées sombres. Je songeais souvent à ma famille. Mordom l'avait-il exterminée ? La maintenait-il dans des conditions comparables aux nôtres ? Le soir, avant de m'endormir, je voyais le visage de ma mère se pencher sur moi. Et il m'arrivait de m'éveiller avec, dans l'oreille, l'appel de mon père qui me houspillait afin que j'aille au collège.

Je savais que Pat pensait, elle aussi, beaucoup à sa mère. La pauvre femme devait vivre dans les affres de l'inquiétude. Elle avait certainement prévenu la police et placardé des affiches chez les commerçants du quartier dans le but d'obtenir des nouvelles de sa fille. Avait-on fait le rapprochement entre nos deux disparitions ? Nous étions sans doute considérés par la plupart des gens comme des fugueurs, des voyous en rupture avec leur foyer. Nul ne se doutait de la réalité. En effet, il était plus simple d'évoquer la crise d'adolescence que la téléportation. Que mes parents se soient évanouis dans la nature ne devait pas faciliter les choses. Les autorités en étaient-elles venues à les soupçonner du rapt de Pat ? J'avais trop de sujets de tourments pour me tracasser à propos de mon univers. La banlieue de Tours me paraissait aussi éloignée que la planète Mars. Nous allions être vendus comme esclaves, Tooloo était peut-être mort, à moins qu'il n'agonise sans personne pour le recueillir et le soigner... Tooloo ! Comment survivre à sa disparition ? Les liens que nous avions soudés au cours de nos périples étaient bien plus profonds que ceux de l'amitié. Je n'aurais jamais cru possible qu'il périsse. L'absence de ses sarcasmes me crevait le cœur. Je voulais le revoir, étreindre son plumage, me chamailler encore avec lui. Des hoquets de chagrin ébranlaient mon torse, sans aucun effet sur mon angoisse.

Parfois, la peur devenait si forte que j'avais envie de hurler. J'étais prisonnier, condamné à l'inaction, alors qu'il était essentiel d'agir.

Mes relations avec Pat avaient évolué. Je croyais

qu'elle m'en voulait toujours. Pourtant, quand je lui demandai si elle avait été témoin de ce qui était arrivé à Tooloo, elle m'avoua qu'elle aussi n'avait saisi que des bribes de cet épisode. Sa voix se brisa tandis qu'elle évoquait le sort de l'aiglon et elle me serra l'avant-bras : « Promets-moi que nous ne serons pas séparés. J'ai tellement besoin d'un ami près de moi. »

Je fis ce serment, la gorge nouée par l'émotion. D'abord parce que ce revirement m'allait droit au cœur, ensuite parce que je n'étais pas du tout certain de pouvoir le tenir.

Étais-je amoureux ? Bien sûr, à cet instant je n'avais qu'une envie : la prendre dans mes bras. Mais n'étaient-ce pas les circonstances qui nous poussaient l'un vers l'autre ? Nous avions besoin de réconfort, de tendresse. Nous étions deux enfants soûls de douleur. Je pouvais gâcher notre amitié en me précipitant. Je pouvais aussi me tromper sur mes sentiments. J'avais été troublé plusieurs fois depuis que Pat était entrée dans mon existence, mais cet émoi restait encore bien vague. Je ne voulais pas, plus tard, avoir à revenir sur mon engagement et heurter la jeune fille. Ni subir une rebuffade lorsque nous serions tirés d'affaire. Au cours des semaines passées au collège, ma camarade ne m'avait jamais jeté d'œillades éperdues. Et même si ce n'était pas son style, elle n'avait jamais cherché à flirter. Certes, elle me plaisait. Et peut-être que je lui plaisais aussi. Mais les cartes étaient truquées. Quand les périls se seraient éloignés, nous aurions l'esprit plus clair. Alors nous mesurerions la vérité de notre attachement.

Bonne Fontaine, de son côté, avait retrouvé son entrain. Il attendait sa délivrance avec patience et bonne humeur. Son âge effaçait le souvenir des épreuves avec une rapidité déconcertante. Selon lui, ses parents paieraient la rançon exigée par les bandits. Pas moyen d'en démordre. Je n'allais pas saper sa confiance en suggérant que la somme risquait d'être trop forte. Il babillait sans arrêt, organisait le futur. « Quel que soit votre maître, ma famille le convaincra de vous libérer. Vous viendrez vivre à la maison. »

Lors de ses intarissables bavardages, nous prîmes connaissance d'une loi toujours en vigueur dans l'Empire. Un esclave qui s'échappait au moment où il était conduit au marché pouvait reconquérir sa liberté. Il lui suffisait de pénétrer dans le palais de Montezuma. La présence du souverain provoquait son affranchissement immédiat. Aucun des habitants de la ville ne pouvait s'opposer à sa fuite. Son possesseur, et lui seul, avait le droit d'intervenir. Encore fallait-il déjouer la surveillance de nos tortionnaires. Ces derniers nous accompagneraient sous bonne garde jusqu'au lieu de la vente et leur fausser compagnie s'avérerait plus qu'ardu. C'était tout de même positif. Nous avions une chance.

« Le plus souvent, les fugitifs tombent sous les flèches de leur maître avant d'avoir dépassé deux étals de marchands », conclut l'enfant, les yeux brillants.

Cette mise en garde calma notre ardeur. Nous verrions bien le moment venu.

« Y a-t-il beaucoup d'esclaves dans la cité ? reprit Pat en farfouillant dans les mèches de sa chevelure en désordre.

– Des milliers, répondit le gamin avec fierté. Mais vous n'avez pas à craindre les mauvais traitements. Le tribunal punit très sévèrement les propriétaires trop brutaux. Beaucoup de mes compatriotes choisissent de devenir esclaves. Ils y sont parfois obligés, à cause de dettes. C'est un procédé courant pour ceux qui n'ont plus un sou. L'acheteur convient du prix et donne l'argent aux proches qui sont tout heureux de ce marchandage.

– Je vois », déglutit mon amie, quelque peu interloquée. Puis, sautant du coq à l'âne, elle demanda : « Si nous souhaitons entrer en contact avec tes parents, comment devrons-nous procéder ?

– Nous habitons dans la partie ouest de la ville, à Aztacalco, le quartier de la Maison des Hérons. Demandez Serpent de Turquoise, c'est mon père. »

Forts de ces informations, nous prîmes du repos.

Les heures s'égrenaient, identiques et cruellement longues.

Enfin, une poigne d'acier ébranla la porte, qui bascula, déversant à flots une lumière dorée. Cette clarté soudaine nous aveugla, de sorte que nous ne vîmes pas entrer Tizoc. Il était déjà devant nous quand nous écarquillâmes les yeux.

« Toi, et toi, suivez-moi », ordonna-t-il de son ton haut perché.

Je me redressai et Pat fit de même. Le chef nous emmena dans la cour. Nous découvrîmes la maison qui servait de planque à la bande. Elle était plutôt petite et un incroyable désordre y régnait. Mis à part le réduit qu'on avait transformé en cellule, l'habitation offrait deux salles et un espace à ciel ouvert. Dans un coin, adossée à une muraille blanchie à la chaux, une curieuse construction trônait. Elle avait la forme oblongue d'une ruche d'abeilles mais sa taille pouvait donner refuge à deux adultes. Son flanc avait été creusé pour abriter un feu. Les bûches crépitaient dans ce foyer astucieusement disposé. Tizoc actionna une ouverture et me fit signe de m'y engager. Prévoyait-il de me faire rôtir ? De toute façon, je n'avais guère le choix. À l'intérieur, la chaleur était suffocante. Je découvris, posés à même le sol, un baquet d'eau froide et quelques brassées d'herbes. J'étais dans un bain ! Le bandit attendait que je me décrasse. Je compris alors que notre exposition sur le marché était imminente. La marchandise devait être exhibée au meilleur de sa forme. Je ne pus résister au plaisir de me laver. Je m'aspergeai d'abord, mais d'un mouvement maladroit je renversai le liquide sur la cloison. La pierre poreuse fuma. La vapeur eut vite fait de saturer l'espace confiné. Un sauna ! Je lançai le contenu du baquet sur le mur. Restait à trouver l'utilité du feuillage. Il s'effrita entre mes mains, tout en dégageant un délicieux parfum. Je n'avais plus désormais qu'à m'étriller.

Cette séance me ragaillardit. Je me sentais aussi poli qu'un sou neuf. Pat était presque décomposée lorsque je sortis de cette salle de bains rudimentaire mais ingénieuse. Elle réalisa que je n'avais pas testé un nouvel instrument de torture et partit se nettoyer d'un pas plus léger.

Notre peau, bien que rouge pivoine, était douce et luisante. Mais le bien-être fut bref. Tizoc héla ses hommes. Ils surgirent dès que leurs noms furent prononcés. Le blessé manquait à l'appel. Peut-être avait-il succombé ? De toute façon, j'étais totalement indifférent à son sort. Qu'il pourrisse en enfer, sa place était toute trouvée. Les trois malfrats restants portaient leurs armes. Ils nous attachèrent solidement les bras et nous encadrèrent.

« En route ! » clama Tizoc.

Je dévisageai Pat. Elle aussi venait de s'apercevoir que notre évasion relèverait de la folie.

17

Dès que nous abandonnâmes la venelle, ce fut l'éblouissement. Quel tohu-bohu ! Je pensais traverser une petite bourgade primitive et j'étais noyé dans une foule industrieuse et bigarrée qui emplissait les avenues d'une vaste métropole. Les flâneurs déambulaient, bousculés par des portefaix, des vendeurs à la sauvette, des ouvriers et des paysannes encombrées de lourds paniers. Chacun jouait des coudes pour se faufiler dans cette cohue. Des dignitaires coiffés de plumes multicolores et drapés de vastes manteaux en peaux de bête ou en lainages aux motifs variés imposaient le respect à cette multitude qui les évitait soigneusement. Sur le seuil d'une auberge, je distinguai un chevalier-aigle, facilement identifiable par son uniforme. Il apostrophait un autre militaire dont la tenue était constituée de la dépouille d'un jaguar. Au lieu du bec qui encerclait le visage, le casque de son interlocuteur reproduisait la gueule du félin. Tout était intrigant, déstabilisant, sans rapport avec mes habitudes. La plupart des hommes ne portaient qu'un pagne en guise de vêtement. L'étoffe était plus ou moins grossière, plus ou moins agrémentée, mais j'étais incapable de saisir le sens de ces particularités. Les femmes, quant à elles, cachaient leurs jambes sous de larges jupes. Quelques-unes se promenaient torse nu, avec autant d'aisance que si elles étaient emmitouflées dans des visons. La majorité se voilait le buste d'une chemise.

D'une fenêtre, une créature outrageusement maquillée nous interpella. Ses dents teintes en rouge foncé tranchaient avec ses joues enduites d'une crème jaune pâle. Les cheveux au vent, elle se penchait, riant à cœur joie des remarques lancées par les passants. Tizoc et sa bande ne lui accordèrent pas même un regard, ce qui déclencha une bordée d'injures.

Les brigands nous maintenaient entre eux fermement, la main posée sur leurs armes, prêts à frapper au moindre incident.

J'avais levé la tête et je fus plus subjugué encore par le spectacle des toits. Comme nous progressions dans une artère large d'une vingtaine de mètres, j'embrassai l'horizon. Les maisons comportaient souvent deux étages, parfois trois. Elles brillaient toutes d'un blanc cru. Au-dessus de cette forêt aveuglante flottaient de gigantesques bannières. Contrairement à nos drapeaux, ces étendards ne claquaient pas sous la brise. Plus légers que l'air, ils semblaient y prendre appui pour s'y déployer avec grâce. Cet effet était dû au matériau utilisé pour leur confection. Des milliers de plumes et de duvets composaient leurs arabesques éthérées. Au milieu de cette nuée se dressaient les sommets fumants de pyramides : les temples consacrés aux dieux. Ils trouaient la ville à intervalles réguliers et leur quantité me stupéfia. Le peuple aztèque devait être éminemment religieux. Plus loin, bouchant l'horizon, un volcan étirait son panache blanc.

Nous bifurquâmes sur la droite, dans une rue aux proportions plus modestes, et butâmes contre un canal. Des barques filaient, guidées à l'aide de perches. Ces minuscules esquifs débordaient sous les provisions et menaçaient de chavirer. Certains pénétraient directement dans les habitations, grâce à une percée dans l'enceinte principale, assurant ainsi les livraisons à domicile. J'avais la bouche ouverte d'ébahissement. C'était comme si nous visitions une Venise exotique.

Je ne retrouvai pas la parole une fois arrivé au marché. La démesure atteignait son comble. Selon un quadrillage serré d'étals, on avait regroupé de multiples professions. Nous franchîmes le carré des tanneurs qui agressa nos narines d'odeurs âcres, celui des plumassiers dont l'art éclatait en un feu d'artifice de teintes vives, celui des orfèvres aux métaux ciselés. Puis nous glissâmes entre des tapis où s'amoncelaient cosmétiques, légumes, poteries et animaux domestiques. Dans des cages, des singes, des perroquets, des cailles, des serpents et même un cerf attendaient un acquéreur.

Nous arrivâmes enfin à l'emplacement réservé aux esclaves. Il y en avait de toutes sortes : des enfants, des adultes, des albinos, des nains et même deux sœurs siamoises soudées par les épaules. Un assemblage de misères et de turbulences. Pat était aussi impressionnée que moi. Elle écarquillait les paupières et tournait la tête en tous sens pour ne rien perdre de cette débauche de richesse. Nous en avions presque oublié notre sort. Quant à fuir, nous y avions renoncé depuis longtemps. Comment trouver notre chemin dans ce dédale ? Où le palais se situait-il ? En outre, la vigilance des bandits ne faiblit pas une seconde. Nous n'aurions pas parcouru deux mètres sans tomber sous leurs coups.

Tizoc nous tira de notre rêverie. Il nous poussa sur la natte qu'un commerçant occupait avec trois jeunes femmes chétives et résignées. Le bonhomme gesticula devant tant d'effronterie. Il commença à se récrier, implorant l'assistance de ses voisins, mais l'apparition de Montagne Noire suffit à le calmer. En bougonnant, il céda sa place et déguerpit, emportant son stock d'esclaves serviles, sans demander son reste.

Amusés par ce début d'altercation, des badauds s'étaient amassés autour de nous. Un vieillard, la pipe aux lèvres, prit notre groupe à partie : « Tu dois avoir des denrées rarissimes pour malmener tes confrères avec cet aplomb.

– Deux spécimens exceptionnels, en effet, répliqua Montagne Noire.

– Laisse-moi prendre ton discours *avec mon petit doigt*, se moqua l'ancêtre.

– Pardon ? gronda Tizoc à qui l'écume montait aux lèvres.

– Ne comprendrais-tu plus nos expressions coutumières ? Ou ton crâne sonne-t-il plus creux qu'une coloquinte pourrie ? »

Le public gloussa à cette repartie. Montagne Noire s'interposa entre son chef et le mordant vieillard. Si jamais une crise enflammait Tizoc, il y aurait du grabuge.

« Tu peux me croire, affirma le colosse, ces deux adolescents forment un lot de premier choix.

– Et qui me dit que tu n'es pas en train de *cracher bile et venin* ? »

Une exclamation de stupeur parcourut la foule. « Il l'accuse de mentir », chuchota une femme mûre au premier rang.

« Va donc à la Maison du Chant divertir les élèves de tes rengaines d'ivrogne. »

Un des participants venait de rabrouer le vieil homme. Il s'approcha de nous d'une démarche chaloupée. Son ventre débordait sur ses cuisses et la graisse avait effacé les traits de son visage tendu comme une outre.

« Je suis l'un des plus cossus gentilshommes de ma province et je cherche des offrandes pour les fêtes du maïs, pérora l'obèse. Les victimes doivent posséder une peau parfaite et élastique. Tu sais que les prêtres qui les écorchent se glissent ensuite dans ces défroques. Je ne tolérerai pas un affront lors de la cérémonie. J'ai un rang à tenir. »

Il s'approcha de moi. Je sentais son haleine nauséabonde qui me souleva le cœur. Sans se soucier de mes grimaces, le gentilhomme palpa mes flancs.

« Un peu maigrichon, dénigra-t-il. La fille aussi ressemble à un sac d'os. Il va m'en coûter une fortune si je veux les remplumer. Combien me les cèdes-tu ? »

Pat eut un sursaut d'effroi. J'allais tenter de l'apaiser quand une décharge brouilla mon esprit. Le pouvoir magique se réveillait. Je fus secoué de tremblements convulsifs.

« Il n'est pas idiot au moins ? » s'inquiéta l'acheteur devant mes contorsions.

Une chaise à porteurs fendait la populace. Pendant que Montagne Noire s'évertuait à dissiper la méfiance du prétentieux personnage, j'essayai de sonder les tentures qui dissimulaient le nouveau venu. Rien à faire, les rideaux étaient trop épais. Et puis qu'est-ce qui me prenait de m'occuper de cet inconnu alors qu'une barrique projetait de nous éplucher comme des bananes ! Je compris alors que l'énergie cherchait à s'emparer de moi. À cause de ma résistance, elle ne parvenait pas à accomplir ce qu'elle souhaitait. Il fallait que je lâche prise, que je lui fasse entièrement confiance. Ce fut une révélation. Depuis notre départ, je n'avais rien maîtrisé. Chaque fois que la sorcellerie s'était manifestée, elle l'avait fait de son propre chef. C'était elle qui m'avait guidé. Elle avait créé la Porte malgré moi, m'avait envoyé au Mexique au lieu du Pérou. Et lorsque j'avais opéré les métamorphoses nécessaires à notre camouflage, elle n'avait accepté mon contrôle que parce que cela l'arrangeait. Oui, depuis le début, elle me dirigeait. Mais alors qu'attendait-elle de moi ? Pourquoi ne m'avait-elle pas permis d'échapper aux bandits ? Peut-être parce que ma capture concordait avec son objectif ? Elle avait sans doute un dessein caché... Le *Livre des prophéties* m'avait désigné comme l'élu, le sauveur de l'humanité. Cela m'avait paru ridicule. À moins qu'une force supérieure ne veille sur moi ? Mais laquelle, puisque les Sages étaient morts ? Quoi qu'il en soit, je décidai de me soumettre à cette volonté.

Je tâchai donc de vider mon esprit, de devenir aussi malléable qu'une poupée de chiffon. C'était notre dernière chance.

Sitôt que je fus détendu, des grésillements envahirent mon crâne. Je réfrénai mon envie de reprendre les rênes. Ne pas se cabrer, respirer profondément. Les grésillements se transformèrent en voix, d'abord confuses, enchevêtrées, puis de plus en plus nettes. J'avais l'impression d'être devenu un poste radio. Une main invisible tournait la molette à la recherche de la bonne station. Je me calai en premier lieu sur le discours du tas de graisse qui marchandait âprement. Mais ce n'étaient pas ses mots tels que les entendait Montagne Noire, c'étaient les mots qui traversaient son cerveau sans atteindre sa bouche. J'étais dans sa tête et je percevais ses pensées : « Si j'obtiens ces deux freluquets pour deux cents graines de cacao, je ferai une bonne affaire. D'autant plus que cinquante d'entre elles sont pipées. Même s'ils les examinent, ces fripouilles ne s'apercevront pas du vol. J'ai soigneusement refermé l'écorce après en avoir extrait la fève. »

La ruse me révolta. Je faillis m'écrier à haute voix : « Quel cochon ! » Mais un phénomène hors du commun se produisit. Mon cri avait jailli de la bouche de l'acquéreur. J'avais la faculté de m'exprimer à sa place et je l'avais fait s'insulter lui-même ! Je continuai donc.

« Pourquoi condamner ces innocents, prononça le bonhomme bien malgré lui, quand cinq prêtres entiers tiendraient dans ma panse ? »

Cette sortie déclencha l'hilarité générale. Même Montagne Noire se décrispa.

« Vous êtes un trop brave gars, poursuivit ma marionnette, cela me peinerait de vous rouler. Prenez donc ma bourse, mais écartez les graines creuses, elles ne valent pas tripette. »

Honteux d'avoir avoué sa rouerie, le gentilhomme titubait. Tizoc écarta ses complices et sauta à la gorge du malheureux. Qu'on ait voulu le tromper l'avait mis hors de lui.

Je me désintéressai de la lutte qui s'ensuivit, mon pouvoir m'ayant branché sur une autre fréquence. Je sus que j'étais dans la cervelle de l'inconnu, calfeutré dans sa chaise à porteurs. C'était une femme, elle possédait une voix envoûtante.

« Mœurs barbares, corruption, violence, songeait-elle. Les miens ne sont pas dignes de conserver leur empire. Tout n'est que décadence. »

L'énergie accrut sa puissance. Elle manipulait maintenant le corps de cette femme, lui faisait écarter les rideaux, indiquait aux domestiques qu'elle voulait descendre, la faisait marcher vers nous.

« Je donne ce collier en échange des deux esclaves », articula-t-elle avec autorité.

Le flux magique me déserta soudain. Un grand silence régnait sur le marché. Même ce fou de Tizoc avait relâché l'escroc.

À bout de bras, l'inconnue tendait un bijou d'une valeur inestimable. L'or et les turquoises ruisselaient entre ses doigts graciles. L'assistance était médusée.

Nous venions d'être achetés au prix de la rançon d'un roi.

18

« Je ne croyais pas m'en tirer à si bon compte », me glissa Pat.

Nous suivions les porteurs qui s'étaient mis à trotter. Les muscles de leurs cuisses et de leurs mollets roulaient à chaque foulée. L'effort considérable qu'ils fournissaient ne semblait pourtant pas leur peser. Les habitants s'écartaient craintivement sur notre passage et se retournaient pour nous fixer, mais, curieusement, aucun commentaire ne montait de la foule. Seul un enfant cracha sur nos empreintes, et sa mère le réprimanda vertement. Il n'y avait pas à proprement parler d'hostilité à l'égard de l'équipage de l'inconnue, juste une sorte de défiance instinctive. Qui était-elle ? Et pourquoi la sorcellerie l'avait-elle désignée ?

« Je n'en reviens pas que cette princesse nous ait pris en pitié, enchaîna ma camarade. Quelle coïncidence qu'elle se soit trouvée sur le marché à l'instant précis où nous allions être vendus. Tu as vu le collier contre lequel elle nous a monnayés ? Avec quatre ou cinq de ses pierres on pourrait vivre des années sans travailler. J'imagine la tête de ma mère si je lui rapportais une telle fortune. Elle enverrait paître son patron sur-le-champ. Fini, les horaires impossibles. Elle n'aurait plus qu'à se tourner les pouces au bord de la piscine de sa villa. Car je lui ferais construire une maison comme celles qu'on aperçoit dans les feuilletons télévisés. Avec un jacuzzi pour se délasser et boire des cocktails. Penses-tu que cette noble dame veuille nous prendre à son service ?

– En nous plongeant dans un jacuzzi ? Je ne crois pas. D'ailleurs, elle ne nous a pas choisis, rectifiai-je. C'est moi qui l'ai influencée.

– Quoi !

– Un peu trop long à t'expliquer. Mes pouvoirs l'ont manipulée. »

Pat stoppa, un sourire goguenard au coin des lèvres.

« Bien sûr, et tu vas faire de moi la reine d'Angleterre ou Mary Poppins. Il faudrait que tu arrêtes de délirer. C'est très mauvais pour ta santé mentale. Tu nous as laissés croupir dans le pétrin le plus affreux pendant des jours et tu voudrais que je gobe cette histoire ? Attention, tes chevilles gonflent, tu vas avoir besoin d'une brouette pour te déplacer. Dans un pays qui ne connaît pas la roue, ce n'est pas gagné. »

Nous rattrapâmes la chaise à porteurs. J'étais mortifié. Je compris qu'il était inutile de chercher à convaincre mon amie. Au fond, je ne pouvais lui donner tort. Vue de l'extérieur, ma magie était loin d'être performante.

Il nous fallut suivre une muraille décorée de serpents monstrueux jusqu'à une porte qui la découpait. Notre groupe la franchit, passant sous un massif linteau rouge.

Une immense esplanade nous attendait de l'autre côté. Contrairement au reste de la cité, cette étendue était quasiment déserte. C'était l'enclos sacré. Niché au cœur de la capitale, il abritait les principaux sanctuaires et, ainsi que nous l'apprîmes un peu plus tard, le palais du défunt père de Montezuma. Les édifices, fort espacés les uns des autres, démontraient la pompe du souverain. Il y avait la Maison du Chant où les jeunes nobles apprenaient la danse et la musique, l'aire du jeu de paume, le Temple du Vent, de forme arrondie... Mais le clou architectural de cet ensemble était une pyramide que les Espagnols nommaient le Templo Mayor. Elle donnait l'impression de crever la nue. Nous la longeâmes, écrasés par son ombre qui nous engloutit soudain. Même au trot, la dépasser nous demanda plus d'une minute. Son escalier central grimpait, grimpait et nous ne parvînmes bientôt plus à distinguer les marches pourtant très hautes.

Enfin, nous nous engouffrâmes dans un bâtiment. Là, au milieu d'Aztèques, s'affairaient plusieurs Européens. C'étaient les fameux hommes blancs dont m'avait parlé Visage d'eau. Ils portaient des culottes bouffantes et des chemises débraillées. Certains montaient la garde, d'autres fourbissaient des hallebardes, retendaient des arbalètes ou se disputaient à propos d'une partie de dés. J'aurais dû être heureux de retrouver mes congénères, mais, lorsque je m'approchai spontanément d'un soldat qui se lavait dans une bassine de bronze, ce dernier m'éclaboussa en vociférant. Je n'appartenais plus à ce peuple. Mon aspect me rangeait parmi les Indiens. La couleur de ma peau avait suffi à provoquer le mépris rageur de cet homme. Je restai muet devant cette réaction raciste. Visiblement les envahisseurs ne portaient pas les indigènes dans leur cœur. Au même instant, j'aperçus un domestique que malmenaient deux barbus. Tout en riant, ils avaient fait basculer le malheureux à terre et le rouaient de coups de pied. Ma gorge se serra. Non seulement ce comportement était ignoble, mais il révélait l'insolence des occupants. Imbus de leur supériorité, ils considéraient les Indiens comme des animaux. Le peu que j'avais découvert de la cité prouvait pourtant un degré élevé de civilisation. Et quand bien même les Aztèques auraient vécu dans des huttes, ils étaient des êtres humains. Les Espagnols, avec leur morgue et leur cruauté, étaient ceux qui s'apparentaient à des bêtes.

Pendant ce temps, la jeune femme était descendue de sa chaise. Un remue-ménage l'accueillit. Les guerriers tâchèrent de se donner bonne contenance, même si ces efforts semblaient bien artificiels.

« Marina ! appela le barbu qui écarta son complice et laissa détaler son souffre-douleur. Je vous avais demandé de ne pas sortir du palais. Je ne peux pas assurer votre sécurité à l'extérieur. »

Notre propriétaire – puisque nous étions des esclaves et qu'elle venait de nous acquérir – haussa les épaules : « Je n'ai rien à craindre des miens, capitaine. Le sang aztèque coule dans mes veines, personne n'oserait porter la main sur moi. »

Le nouveau venu eut une moue dubitative. Il avait un visage franc, illuminé par des cheveux blonds qui couvraient ses épaules. Si je ne l'avais pas vu rudoyer l'Indien, je lui aurais cru une âme angélique.

« J'aimerais partager votre sérénité, dit-il. Demain aura lieu la fête en l'honneur du dieu de la guerre. Je n'aurais pas dû accepter cette célébration. Des rumeurs d'insurrection grondent. Nous sommes si peu nombreux, et la ville est un brasier qui risque de s'enflammer à chaque instant. La moindre provocation peut tourner au carnage.

– Tout m'a paru très calme, au contraire, souligna son interlocutrice. Vous vous inquiétez pour rien, Pedro de Alvarado.

– Le Christ nous entende ! soupira le capitaine dont les mains se joignirent. Qui sont ces adolescents ? Des recrues pour notre armée ? »

La jeune femme nous dévisagea. Une lueur d'incrédulité traversa ses prunelles. Instinctivement elle porta les doigts à son cou nu. Une seconde fois, elle haussa les épaules.

« Un cadeau pour l'empereur, décida-t-elle. J'espère qu'ils le dérideront. Son humeur morose commence à me miner le moral. »

Alvarado s'inclina. Marina s'engagea sous un porche. Nous ne savions pas s'il fallait la suivre ou attendre les ordres de l'Espagnol.

« Eh bien ! bougonna-t-il, perdant son amabilité. Seriez-vous sourds ? Allez divertir ce vieux singe de Montezuma. »

Nous galopâmes rejoindre la jeune femme qui s'avançait déjà dans un patio. Le jardin central avait sans doute été magnifique, les restes de la végétation montraient encore une variété de végétaux extraordinaire. Hélas, la plupart des plantes avaient subi de multiples dommages. Feuilles arrachées, branches cassées, fleurs piétinées.

« Cette noble dame va nous aider, m'avertit Pat. Je vais lui confier nos tracas. Pas de doute, elle fera fouiller la ville pour récupérer Bonne Fontaine et sa sœur. Elle enverra aussi des gardes à la recherche de Tooloo. Après tout, rien ne prouve qu'il soit mort. »

Je faillis me pincer. Sur quoi mon amie se fondait-elle pour échafauder un si beau rêve ? Nous n'étions pas au pays de Barbie, tout en rose bonbon et en mièvrerie. Pat commençait-elle à divaguer ? Avant que je puisse l'arrêter, elle s'élança. Quand elle atteignit Marina, elle déclara : « Merci de nous avoir sauvés. »

Une gifle retentissante coupa son discours.

« Pour qui te prends-tu, vile esclave ? »

La jeune femme la foudroyait du regard.

« Je ne sais pas ce qui m'a pris sur le marché et je regrette déjà mon geste. Je hais ceux de ta condition. Ne t'avise pas de me toucher ou de m'adresser la parole à nouveau. Tout ce qui vient de vous n'est que souillure. »

Son visage brûlait de colère. Elle s'approcha de Pat, les mains crispées, comme pour lacérer ses joues.

« Un mot de moi et tu es morte. Le grand Cortés est mon époux. Ses hommes feront mes quatre volontés. Exécuter une vermine ne peut que les satisfaire. Ils ne sont plus à ça près. Sais-tu qu'ils disposent de grils suffisamment grands pour recevoir un homme ? Ils en ont déjà fait usage. La chair carbonisée pue atrocement. »

L'adolescente reculait, terrorisée par tant de violence.

« À cause de vous, j'ai perdu une fortune. Alors ne me décevez pas, siffla notre acheteuse en essayant de contrôler sa colère. Vous avez intérêt à plaire au souverain. Sans quoi, je n'aurais plus besoin de vous. »

Non, ce n'était pas le pays de Barbie. Il y avait d'ailleurs une expression qui résumait notre sort : tomber de Charybde en Scylla.

19

« MERCI DU CONSEIL, bougonna Pat en frottant sa joue meurtrie. Je vois que les préjugés ont la peau dure. Sache que toutes les filles ne jouent pas forcément à la poupée. Moi, par exemple, j'étais passionnée par les trains électriques. Et ne rajoute pas que je suis un garçon manqué, sinon je te flanque un crochet du droit. »

En deux mots, je venais de rappeler à mon amie la situation dans laquelle nous nous trouvions. Ma mise en garde maladroite n'avait pas été bien accueillie. Cependant, après ce qui s'était produit, je comprenais que Pat ne soit pas d'humeur charmante.

Nous déambulions maintenant dans des pièces au sol recouvert de nattes de palme tressées. Sur les murs, des tapisseries de coton racontaient des scènes de chasse, de pêche ou des épisodes d'une mythologie aux divinités fantastiques. Marina ne nous offrit pas le temps de contempler cette magnificence. Elle filait à travers le palais qu'elle connaissait par cœur.

Au bout d'une enfilade de salles, elle s'immobilisa devant deux hommes vautrés sur des tabourets.

« Que fait-il ? leur demanda-t-elle sèchement.

– Il écoute de la musique, répondit le plus âgé en se levant.

– Ce n'est pas un mauvais bougre. Ce matin, il a perdu deux bagues au jeu de patolli, annonça son comparse en exhibant les bijoux.

– Tous les jours, nous lui extorquons des babioles comme celles-ci, confia le premier garde qui se pourléchait les babines de cupidité. Pourtant il conserve le sourire. On dirait qu'il s'en moque. Du moment qu'il peut parier. »

La jeune femme acquiesça et leur fit signe d'ouvrir la porte.

Nous avançâmes dans une chambre parfumée à l'encens. Sur une estrade se tenait un homme d'une cinquantaine d'années, engoncé dans un somptueux manteau de plumes vertes. Il dodelinait de la tête au son d'une flûte. Sur sa gauche, une musicienne agenouillée tirait de son instrument une mélodie discordante.

Bien que reclus, Montezuma restait fier. Je m'attendais à trouver un homme accablé, miné par la captivité. Il n'en était rien. L'empereur était encore l'empereur. Tout son maintien disait l'orgueil enraciné dans de longues années d'exercice du pouvoir. Ses traits sévères s'animèrent à l'apparition de l'intruse. Elle se prosterna et nous l'imitâmes aussitôt.

« Relève-toi, Malinali », ordonna l'Orateur Sacré en insistant sur le nom aztèque de la visiteuse.

Sa voix était chaude, empreinte d'une mélancolie qui

étirait les syllabes. Un pendentif de cristal transperçait sa lèvre inférieure et de gros anneaux d'or étaient suspendus à ses lobes d'oreilles.

« Apportes-tu des nouvelles de notre estimé Cortés ? s'enquit Montezuma. Quand va-t-il revenir et me restituer mon trône, ainsi qu'il l'a promis ? Tu es témoin de ma bonne volonté à son égard. Je suis déjà son otage, quelle preuve supplémentaire devrais-je lui apporter ?

– Il ne tardera plus, noble Fils du Soleil.

– Je ne sais pas si je mérite encore ce titre. J'ai démérité auprès de mes ancêtres, sourit le souverain du Monde Unique.

– Le puissant Cortés vous sera reconnaissant. Sans votre appui, le peuple n'aurait pas mesuré l'enjeu d'une alliance. Aujourd'hui, il loue votre position. Il sait que de l'union des Espagnols et des Aztèques sortiront de grandes choses. Vous êtes son guide. »

Elle pesait ses mots, flattait l'empereur. Mais ses paroles ménageaient aussi les conquérants. Je perçus le double jeu que menait cette intrigante. Elle trompait Montezuma, vendait les siens et pactisait avec l'ennemi.

« Puisses-tu dire la vérité. »

L'ironie affleurait dans la réponse du monarque. Visiblement, il n'était pas dupe de la rouerie de son interlocutrice. Cette dernière ignora la pique et détourna la conversation : « Je vous amène deux esclaves dont les talents soulageront votre ennui. »

Aïe ! Nous étions sur la sellette. Devrions-nous faire les

pitres, débiter des blagues ou nous mettre à jongler ? Le programme prévu par Marina comportait une faille. Des talents ! Encore fallait-il en posséder. Si seulement j'avais pu disposer de ma magie, je me serais métamorphosé. Malheureusement, l'énergie était à nouveau absente. Il n'aurait de toute façon pas été judicieux de la révéler devant cette femme sans scrupule. Pour elle, nous n'étions que deux pitoyables créatures et mieux valait le rester.

« Avancez et montrez à l'Orateur Sacré ce dont vous êtes capables », proféra Marina sur un ton péremptoire.

Je jetai une œillade angoissée à Pat, qui haussa les épaules. Avec aplomb, elle esquissa une révérence.

« Je vais exécuter une danse de mon pays en votre honneur, Majesté », affirma-t-elle.

Et elle plongea vers le sol.

Me prenant au dépourvu, ma camarade improvisait une démonstration de hip-hop. Redressement, glissade sur le côté, pivot sur l'épaule, saut et second plongeon. Moulinets de jambes et reptation... Les figures se succédaient sur un rythme effréné. J'étais bouche bée. J'ignorais que mon amie était aussi douée. J'avais assisté à une exhibition semblable lors d'une promenade aux Halles, quand je vivais encore à Paris. Un groupe d'adolescents s'entraînait sous les regards admiratifs du public. C'était époustouflant. Cependant Pat n'avait rien à leur envier. Une véritable professionnelle de la contorsion. Voilà qu'elle tourbillonnait maintenant, jambes écartées, avec comme unique appui le sommet de son crâne.

« Chante ! me pressa-t-elle en se relevant.

– Quoi ? »

Panique à bord. Les seules paroles dont je me souvenais étaient extraites d'une fable que nous avions étudiée avec Mlle Pimbois : *Le Corbeau et le Renard*, de La Fontaine. Notre professeur nous l'avait fait réciter à tour de rôle. Quelle plaie ! Ce n'était pas vraiment approprié, mais j'avais beau me triturer les méninges, rien d'autre ne venait. Je bredouillai les premiers vers, au comble de la gêne.

« Version rap ! » intima Pat entre deux battements de bras.

On avait certainement entendu des rappeurs plus efficaces, mais je manquais de temps pour parfaire mon style. Je hachai le poème en imitant M.C. Solaar, qui n'aurait sans doute pas salué ma prestation. Quant à La Fontaine, je craignis qu'il ne quitte son tombeau pour me supplier de me taire. Par bonheur, mon auditoire n'était pas expert en la matière.

Au bout d'une minute, Pat cessa sa gymnastique et j'achevai le massacre : « Qu'on ne l'y... qu'on ne l'y... prendrait plus... plus... plus. »

Le silence tomba sur l'assistance. Nous nous étions démenés comme de beaux diables. Au moins, on ne pouvait pas nous reprocher d'avoir économisé notre peine.

La joueuse de flûte nous observait avec un incommensurable dégoût. Je nous vis, Pat et moi, en train de gigoter sur le gril annoncé par Marina.

Montezuma dissimula son saisissement sous une mimique avenante.

« C'est original », jugea-t-il en tirant sur son labret de cristal. Puis, toisant la visiteuse, il lui donna son congé en déclarant : « Je reçois ce don avec joie. Mes domestiques s'occuperont d'installer tes protégés. »

L'empereur attrapa un chasse-mouches et s'éventa. L'audience était parvenue à son terme. Marina s'inclina respectueusement et sortit à reculons. Avant de refermer la porte, la jeune femme nous couvrit d'un regard où le soupçon se mêlait à la haine. Le bon plaisir du souverain primait. J'étais toutefois prêt à parier qu'elle nous ferait payer ces faveurs.

Dès que la porte fut close, Montezuma pencha son buste en avant.

« Seriez-vous des souris à la solde des envahisseurs ? »

La brutalité de sa question tranchait avec l'amabilité qu'il avait affichée jusqu'alors.

Pat essuya la sueur de son front d'un revers de main et s'agenouilla.

« Non, Votre Altesse. Nous ne sommes que deux malheureux voyageurs que la malchance a conduits dans votre palais. Nous implorons votre protection. »

Le monarque nous scrutait de ses prunelles charbonneuses.

« Je ne doute pas de vos origines étrangères. Sans vouloir vous vexer, votre danse et vos chants dénoncent des coutumes barbares. Mais si vous voulez éviter que je vous chasse, il faut prouver vos affirmations. »

Mon amie se lança alors dans le récit de nos aventures. Elle débuta par la raison de notre quête, dénicher Tatloc Umaru, puis enchaîna sur la rencontre avec le chevalier-aigle, insista sur son sacrifice lors de l'attaque des bandits, brossa les conditions de notre séquestration et conclut par la vente sur le marché de la capitale. Pas un instant Montezuma ne suspendit son attention.

« Ainsi Visage d'eau est mort, constata-t-il une fois la narration achevée. Il faut donc compter sans les renforts de Cholula. »

Il n'en dit pas plus et sombra dans une méditation intense. Je commençais à perdre contenance. S'il nous renvoyait, Marina nous livrerait aux soldats. J'en avais plus qu'assez de toujours dépendre des décisions d'autrui. Et cette magie à éclipses, elle aussi commençait à me taper sur les nerfs. À chacune de ses interventions, la situation empirait.

« J'en ai assez des divertissements dont m'abreuvent Malinali et les Espagnols, tonna soudain le Fils du Soleil. S'ils croient ainsi détourner mon attention de l'essentiel, ils se trompent. Vous avez traversé la ville. Que dit mon peuple ? Comment supporte-t-il la présence de ces canailles au teint clair ?

– Les habitants nous ont paru tranquilles, répliquai-je. Mais Visage d'eau évoquait la possibilité d'un soulèvement. »

Le front du souverain se plissa. Il brisa le manche de son chasse-mouches d'un geste rageur.

« J'ai un marché à vous proposer, décréta-t-il. Vous serez mes souris. Personne ne se méfiera de deux esclaves aussi jeunes. Vous allez me servir de lien avec l'extérieur. J'ai besoin de savoir ce qui se passe. Je dois, en outre, contacter les membres du conseil afin d'opter pour une ligne de conduite. Si vous me donnez entière satisfaction, je vous aiderai. »

En devenant ses espions, nous allions risquer nos vies. Et ce n'était pas du tréfonds de son palais que Montezuma pourrait nous être d'un grand secours. Mieux valait donc refuser poliment. Voilà ce que je m'apprêtais à faire lorsque les derniers mots de l'empereur dépassèrent mes espérances les plus folles.

« Si vous acceptez, je vous indiquerai comment joindre Tlaloc Umaru. »

20

QUE LE DIABLE ME PATAFIOLE ! J'avais atteint le stade où l'on grimpe au mur, se suspend au lustre et pousse des hurlements à la Tarzan. Le sol aurait été une poêle à frire géante, je n'aurais pas sautillé davantage. À force d'aller et venir je finirais même par user le pavement. Bref, je craquais.

« Tu es en train de me donner le tournis, se plaignit Pat du fond de la couche où elle se tenait accroupie. Si tu continues à t'agiter ainsi, je vais finir par être malade. Ne vois-tu pas que tu entres dans son jeu ? »

Montezuma, en excellent stratège, nous avait éconduits d'un claquement de doigts. Il avait demandé à un domestique de nous trouver un logement et, l'air détaché, avait suggéré de nous rencontrer plus tard, pour terminer notre discussion. Tout empereur qu'il était, j'avais failli l'étriper. Pat m'avait obligé à faire la révérence et à me retirer le plus docilement du monde. Cette fille m'exaspérait. Elle n'avait pas un sou de jugeote. Au moment où nous était donné un renseignement crucial sur Tatloc Umaru, elle acceptait de rompre l'entretien et nous laissait dans l'expectative. Si je ne m'étais pas retenu, je crois que je l'aurais étranglée. Non, étouffée avec les plumes du chasse-mouches. Non... N'importe quoi d'autre pourvu qu'elle souffre.

Pour la énième fois, j'enroulai le rideau de joncs qui masquait la fenêtre. Des barreaux en bloquaient l'issue. Je relâchai le cordon et le store claqua contre la cloison. Un poisson rouge dans son bocal, voilà à quoi j'étais réduit.

Je finis par stopper mes va-et-vient et dardai mes prunelles sur ma coéquipière, comme pour la pétrifier.

« Tu vas m'en vouloir jusqu'à la fin des temps ? susurra-t-elle. À ta guise, mais ne pleurniche pas si l'Orateur Sacré te roule dans la farine. »

Elle s'allongea et fit mine de s'endormir. Cette fois-ci ce ne serait pas des plumes que j'allais lui faire avaler, mais la natte de palme tout entière. Je bondis dans son dos et la secouai.

« Je parlerai avec toi quand tu seras calmé », bougonna-t-elle.

Calmé ! Calmé ! Facile à dire. Elle faisait justement tout son possible pour m'irriter encore plus. De l'extérieur provenait le clapotis d'un jet d'eau. J'avais l'impression qu'on frottait du papier de verre contre mes dents.

« Tooloo n'aurait jamais adopté une telle attitude, dis-je dans l'intention de blesser cette gamine écervelée. C'était un rouspéteur de première, mais on pouvait se fier à lui dans les situations critiques. »

Pat se redressa et tourna son visage vers moi. Le coup avait porté : une larme vacillait le long de ses cils. Cependant je n'étais pas soulagé le moins du monde. J'avais honte. Honte de ma méchanceté, du mal que je venais de causer sciemment à mon amie. Le rouge me monta aux joues et j'inclinai la nuque.

« Pardon, murmurai-je. Je ne suis qu'un fieffé imbécile. Je me venge de Montezuma à travers toi et tu ne le mérites pas. »

Elle demeurait de glace.

« Ces derniers jours m'ont soumis à rude épreuve, tentai-je. J'ai perdu mes parents, mon aiglon... »

Les mots se brouillaient dans ma tête. J'étais submergé par la douleur. Je la niais depuis trop longtemps, il fallait qu'elle se libère. Je m'effondrai en sanglots sans comprendre pourquoi cette crise survenait à cet instant. J'avais tenu le choc jusqu'ici, surmontant les déceptions et les tourments. Lorsqu'une lueur d'espoir luisait enfin, je dégoulinais comme une serpillière. Et pour couronner le tout, j'agressais le seul être cher qui me restait.

Je sentis la main de Pat sur mon épaule. Elle me caressait doucement, comme pour recueillir ma tristesse et m'en décharger. Je n'osai pas lui faire face. Je me contentai de savourer son élan de gentillesse.

« Je passe l'éponge pour cette fois, m'avertit ma camarade. Essaie de m'écouter avant de te buter comme un troupeau d'ânes. »

Je levai la tête et acquiesçai.

« Mouche-toi d'abord, le spectacle que tu offres n'est pas des plus ragoûtants. »

J'obtempérai pendant que Pat entrebâillait la porte.

C'était un simple cadre de bois sur lequel avait été tendue une peau de bête durcie par un vernis.

« Dans ce palais, les murs ont des oreilles, marmonna-t-elle. Il vaut mieux vérifier. Avant de dire oui au marché que nous propose le souverain, nous devons en peser les avantages et les inconvénients.

– S'il nous met en contact avec Tatloc Umaru, tous nos problèmes seront résolus. Le mage réorganisera mes pouvoirs et nous pourrons rentrer chez nous.

– Pas si vite, objecta-t-elle. Montezuma a sorti ce nom comme un prestidigitateur extirpe un lapin de son chapeau. Juste quand il le fallait, pour nous convaincre d'accepter son offre. Ça ne te paraît pas étrange ? Il a très bien pu tirer cette information du récit que j'ai fait de nos déboires. Imagine qu'il ne connaisse pas ce sorcier et se serve de notre détresse pour nous manipuler ? Il était évident que nous nous plierions à ses désirs.

– Tu crois que ce Tatloc n'existe pas ! »

Je blêmis. Le château de cartes que j'avais bâti s'écroulait.

« Je l'ignore, m'asséna mon amie en fourrageant dans sa tignasse. Mais nous devons rester prudents. Remplir la fonction d'espion peut nous conduire tout droit à la mort. Il va falloir parlementer, obtenir des gages du monarque. Voilà pourquoi j'ai préféré attendre. Montezuma croyait nous faire mariner et nous cueillir à point lors d'une prochaine entrevue. Nous allons lui montrer qu'il a affaire à des durs à cuire. »

Décidément, mon amie ne perdait pas le nord. Alors que je fonçais dans le panneau, elle étudiait le rapport de forces et tirait des conclusions pertinentes. Contrairement à ce que j'avais pu penser, c'était une alliée formidable.

« Je me sens encore plus ridicule, avouai-je. Sans toi, j'étais fait comme un rat.

– Ne te réjouis pas encore, la partie ne fait que commencer. Réfléchissons d'abord à cette légère différence de nom. Montezuma a dit Tlaloc, et non Tatloc. Es-tu sûr qu'il s'agisse de la même personne ? De plus, ton devin était inca, pas aztèque. Ça fait beaucoup de dissemblances... »

Je revis la mine de Merlin quand il me conseillait de rejoindre le Pérou. Quelles avaient été ses paroles exactes ? « Je te suggère de rencontrer Tatloc Umaru, mon confrère inca. Il achèvera mon travail. » C'était pourtant clair. Dans ces conditions, pourquoi l'énergie magique m'avait-elle expédié au Mexique ? Après tout, je n'avais pas décidé de ma destination. Le flux avait choisi pour moi. Et c'était encore le flux qui m'avait guidé jusqu'à Montezuma. Qui mentait ? Le fluide ou Merlin ? C'était bien dans le genre de ce roublard d'enchanteur de me tendre un piège. Lorsque j'étais en Angleterre, il avait passé son temps à se moquer de moi. Aurait-il poussé l'amusement jusqu'à fausser une partie des indications ? Au fur et à mesure de ma réflexion, la duplicité de Merlin s'imposait. Ne s'était-il pas vanté de lire l'avenir ? Il savait donc que sa tromperie serait éventée et qu'elle ne m'empêcherait pas d'atteindre mon objectif. Il m'avait déjà appris à me méfier des apparences en multipliant les déguisements avant de m'aborder directement. Je devinai qu'il souhaitait poursuivre ses leçons. Grâce à son demi-mensonge, je comprenais enfin que je devais m'abandonner à mes pouvoirs. Désormais, je ne lutterais plus contre eux. Je tâcherais plutôt d'en percer la signification secrète. Ma sorcellerie était une collaboratrice efficace, pas un ennemi qui pouvait se déchaîner contre moi. J'avais acquis un trésor : un surplus de hardiesse, presque une foi. Cependant, tout enseignement est à double tranchant. Il fallait retenir aussi combien primait le fait de rester sur ses gardes. Rien n'était assuré de manière définitive et le voile du réel n'était parfois qu'une surface peinte et factice.

Je me sentis remis à neuf, doté d'une assurance nouvelle. Mes formateurs empruntaient des chemins tortueux pour m'amener jusqu'à la connaissance. Mais leur pédagogie portait ses fruits.

J'attrapai Pat par les mains et entamai une ronde.

« Ce garçon est une énigme ! articula la jeune fille, emportée malgré elle par mon entrain.

– Nous avons réussi ! Nous avons réussi ! »

Nous heurtâmes une chaise sans pieds, au dossier légèrement incliné. Sa chute engendra un vacarme épouvantable. Je réfrénai mon enthousiasme avant d'alerter tout le palais. D'ailleurs, il convenait d'éclairer mon amie.

Elle commençait à s'inquiéter sérieusement à propos de mon équilibre psychologique.

À la fin de mes explications, un sourire radieux illuminait son visage.

« Montezuma a donc joué la franchise, conclut-elle. Soit. Soyons fermes et n'oublions pas que nous avons deux amis à protéger. Je veux bien me transformer en émissaire occulte si nous négocions le sauvetage de Bonne Fontaine ainsi qu'une mission d'enquête sur la disparition de Tooloo. »

J'adorais cette fille.

21

Quand il nous reçut, Montezuma mangeait. C'était un insigne honneur d'assister à ses repas. Les nobles se serraient dans la salle du palais réservée aux festins. Les Espagnols, sans doute afin de ne pas effaroucher leur hôte, toléraient une vie de cour. Tous ceux qui franchissaient l'enceinte étaient néanmoins fouillés et épiés dans leurs déplacements. En outre, de nombreuses souris avaient été affectées au service de l'empereur. Elles rapportaient ses moindres paroles aux occupants. Seuls deux esclaves tels que Pat et moi avaient leurs chances de passer inaperçus dans le flot de domestiques. Hélas, Marina était présente au premier rang des dignitaires et elle remarqua notre entrée, bien que nous ayons pris soin de nous placer dans un coin. Notre invitation au déjeuner la contrariait sûrement, car elle ne put réprimer un sursaut de rage.

En échangeant quelques mots avec nos voisins, nous apprîmes qu'avant l'invasion trois mille personnes entouraient quotidiennement le Fils du Soleil. Cette foule consommait cinq cents dindons par jour. Selon l'habitude, un paravent de bois orné de plaques d'or dissimulait le souverain. On jetait la vaisselle qu'il avait utilisée car, de même qu'il ne portait jamais deux fois le même vêtement, Montezuma ne touchait jamais aux mêmes plats.

Nous en vîmes défiler des centaines. Certains aliments nous soulevaient le cœur. Têtards, mouches d'eau et vers blancs côtoyaient chevreuils, bouillon de volailles et faisans. Il nous fallut patienter une bonne heure avant que soit servi le chocolat qui clôturait ces agapes. Nous pûmes goûter à cette boisson nationale qui n'avait que peu de rapport avec celle que j'avalais le matin. Les fèves de cacao grillées étaient concassées jusqu'à obtenir une pâte. On la diluait ensuite dans de l'eau à laquelle on ajoutait du poivre, du piment et de la vanille. Enfin, on la battait pour obtenir une mousse épaisse. De là venait son nom, *tchco* signifiant « bruit » et *latl* « eau ».

Peu à peu les spectateurs s'éclipsèrent. Cette débauche de nourriture les avait mis en appétit et je les imaginais en train de se ruer jusque chez eux pour se restaurer. L'empereur, quant à lui, préparait sa sieste.

Bientôt il ne resta dans la pièce, en dehors de quelques serviteurs, que le souverain, Marina, Pat et moi.

« Je vois avec plaisir que vous vous êtes entiché de mon cadeau », persifla la jeune femme, toujours aussi venimeuse.

Elle s'était drapée dans un manteau de couleur rouge, couvert de cercles d'argent dans lesquels figurait le faciès grimaçant d'un monstre.

« Ils vont m'aider à trouver le sommeil », bâilla Montezuma à qui tardait le départ de la jeune femme.

Elle se planta devant nous et nous contempla d'un regard cruel.

« Ne vous attachez pas trop à cette engeance, glissa-t-elle en se retournant vers le monarque.

– Songerais-tu à reprendre ton cadeau, Malinali ? »

L'empereur jouait avec un collier de turquoises. Il avait posé sa question sans détacher les yeux du bijou. La maîtresse de Cortés s'inclina et partit sans avoir donné de réponse.

« Méfiez-vous d'elle », nous avertit Montezuma. Le joyau tomba de ses mains dans une coupe de jade. « C'est une princesse que sa belle-mère a vendue comme esclave à la mort de son père. Elle en a conçu une haine farouche pour cette condition. Depuis qu'on l'a offerte à Cortés, elle ne pense qu'à se venger. Elle a renié son peuple, ses croyances, jusqu'à son nom. Mais elle ne sera jamais complètement acceptée par les Espagnols. Ils la ménagent parce qu'elle est la maîtresse de leur chef et qu'elle leur sert d'interprète. Mais cette créature n'est sortie de l'enfer que pour y retourner. »

Il nous invita à nous asseoir autour d'une table basse.

« M'apportez-vous votre réponse ?

– Votre Altesse, débuta Pat, nos faibles compétences sont à votre disposition. Pouvons-nous, en échange de nos loyaux services, demander...

– Parle, coupa-t-il. Si ta requête n'est pas exorbitante, je te l'accorderai. »

Je pris le relais et expliquai à Montezuma ce que nous attendions de lui.

« Le valeureux Serpent de Turquoise n'a pas de fils, déclara le Fils du Soleil. Je sais que sa femme a accouché d'une fille il y a deux lunes. Mais c'était leur premier enfant. »

Je sursautai. Si l'empereur connaissait si bien le père de Trois Roseaux, comment pouvait-il ignorer l'existence de Bonne Fontaine ?

« Nous avons voyagé avec lui, s'écria Pat. Et c'est l'enfant lui-même qui nous a appris le nom de son père.

– Voilà une bien étrange rencontre, médita le souverain. De toute façon, j'ai besoin que vous contactiez Serpent de Turquoise. Ce général tient l'armée sous sa coupe. Je veux connaître ses projets. »

Il désigna Pat et s'adressa à elle : « Demain tu te rendras à la fête organisée en l'honneur du dieu de la guerre. Le général doit présider la cérémonie. Dis-lui que le temps d'abreuver les divinités a sonné. Qu'il profite de l'absence de Cortés et se jette à l'assaut du palais.

– Si la capitale se révolte, il va y avoir un bain de sang, souffla ma camarade.

– Le sang espagnol lavera les affronts. »

Un frisson me parcourut l'échine. Montezuma avait frappé la table du poing. Il ne reviendrait pas sur sa décision, quel que soit le nombre de vies humaines impliquées.

« Tom demeurera avec moi, poursuivit le souverain. Je lui ferai visiter mon zoo. Je compte sur la réussite de cette mission. »

C'était une menace. Pat devait revenir avec des informations. Pendant ce temps, je tiendrais le rôle d'otage. L'habileté de Montezuma me laissait pantois. Sans en avoir l'air, il nous avait coincés. Pat, elle aussi, avait pris conscience de l'étau qui se refermait sur nous. Je la vis déglutir.

« Ferez-vous rechercher l'aigle ? risqua-t-elle.

– Si les nouvelles sont bonnes, je vous en ferai donner dix, tirés de mes volières.

– C'est un animal précis que nous voulons.

– Ne m'importunez pas avec ces peccadilles, tonna-t-il, agacé par notre entêtement. Un rapace en vaut bien un autre. Mes spécimens sont réputés dans tout l'Empire. »

À moins de révéler les particularités de Tooloo, nous devions approuver. J'étais de plus en plus mal à l'aise. Le marchandage ne tournait pas à notre avantage.

« Pouvez-vous au moins nous dire où se trouve Tlaloc Umaru ? dis-je d'une voix bredouillante.

– Bien sûr. C'est l'un des grands prêtres du Templo Mayor. Il incarne Tlaloc, notre dieu de la pluie. Lui aussi participera aux réjouissances prévues demain. Ton amie pourra l'aborder une fois qu'elle se sera entretenue avec Serpent de Turquoise. »

Eh bien ! Si nous n'étions pas d'âpres négociateurs, nous avions tout de même arraché un renseignement de taille.

« Je m'ennuie ! s'exclama l'empereur sur le ton d'un enfant gâté. Assez parlé politique. Jouons au patolli. Qu'allez-vous parier ? »

Pat soupira bruyamment. Nous n'avions pas fini de nous faire avoir.

22

PATOLLI, PATOLLI ET TOUJOURS PATOLLI ! Cela faisait maintenant deux jours que nous y consacrions des heures ! J'en avais une indigestion. Crise de foie et migraine associées. Depuis la veille nous y jouions sans cesse. C'était comme être vissé à la table, condamné à subir ce supplice jusqu'au dessèchement complet de ma carcasse. PA-TO-LLI. Il existe, paraît-il, une loi qui permet aux joueurs compulsifs de se faire interdire l'entrée des casinos. Moi, je n'avais trouvé aucune échappatoire. Même en mimant l'infarctus. Montezuma m'avait flanqué une tape dans le dos, gratifié d'un « Ça va aller » débonnaire et laissé hoqueter. Il aurait préféré se damner plutôt que de renoncer à cette manie. Les yeux exorbités, le souffle pantelant, il oubliait son statut et retombait en enfance. Un rien aurait suffi pour qu'il instaure un jour férié en l'honneur de ce jeu. J'en étais dégoûté à vie. Je me contrôlais afin de ne pas casser sur son crâne le plateau où s'alignaient les petites cases démoniaques ni le contraindre à gober, l'une après l'autre, les pierres qui servaient de jetons. La part de réflexion était plutôt mince dans ce divertissement. Nous jetions des graines de cacao à la place de dés. Une face était vierge, l'autre marquée d'un peu de peinture. Suivant la manière dont elles tombaient, nous comptions les taches. Cela équivalait au nombre de points. Il fallait ensuite déplacer des cailloux le long d'un quadrillage en forme de croix. Le premier à atteindre le centre avait gagné. Une version pour neus-neus des petits chevaux. Un gosse de cinq ans se serait lassé au bout de trois parties. Le souverain les enchaînait sans interruption en jetant des gloussements de pintade. Ses démonstrations d'enthousiasme étaient presque plus agaçantes que le jeu lui-même. Évidemment, afin de pimenter les manches, nous devions parier. Comme je ne possédais rien en dehors de mon pagne miteux, Montezuma m'avait offert une pile de turquoises mal taillées. Il ne faisait donc que récupérer son propre bien, mais chacune de ses victoires déclenchait une poussée d'hystérie. Je dois avouer que mon adversaire se montrait magnanime dans la défaite. Avec un peu plus d'attention, j'aurais pu amasser une véritable fortune. J'étais cependant trop soucieux pour déplacer mes pièces avec astuce. En fait, j'accumulais les bourdes, ce qui ravissait l'empereur.

Dire que le destin de la nation aztèque dépendait de cet homme ! J'avais du mal à faire le lien entre le joueur puéril et le subtil politique qui nous avait ralliés à sa cause.

Comme convenu, Pat était partie assister à la cérémonie. Quelle veine insolente ! Je n'avais qu'une hâte, qu'elle revienne nous rapporter le résultat de son entreprise et brise l'engrenage des manches, revanches et belles. Je priais pour la voir apparaître, flanquée de Tlaloc Umaru. Vision paradisiaque. Le sorcier se pencherait sur moi, mettrait de l'ordre dans mes pouvoirs et ouste ! Adieu Mexique, adieu Montezuma et surtout adieu patolli.

Il y eut heureusement des pauses dans cette torture, sans quoi j'aurais fini par envisager le suicide.

La première intervint lorsque le monarque demanda qu'on ouvre le plafond afin de permettre à la lumière du jour de nous éclairer. Je ne vis aucun mécanisme, mais un souffle frais caressa mes tempes brûlantes et bientôt le soleil inonda la salle. Dix minutes de répit qui me parurent dix siècles de bonheur.

Vers midi s'annonça le repas. Le parterre de nobles était clairsemé, car la plupart rendaient grâces à Huitzilopochtli, le dieu de la guerre. Heureusement le service n'en fut pas plus rapide. Je maudis les cuisiniers qui n'avaient concocté que les trois cents plats réglementaires.

Plus tard, Montezuma souhaita me faire visiter son parc. Il me vanta sa collection d'animaux. Des reptiles aux félins, en passant par les oiseaux, toutes les créatures connues dans le Monde Unique avaient été rassemblées. J'applaudis cette initiative avec emportement. J'étais prêt à m'extasier devant les poules, à enlacer les boas. Hélas, nous n'allâmes guère plus loin que le patio. Les Espagnols prétextèrent l'animation due à la fête pour nous interdire la promenade. L'atmosphère était chargée d'électricité chez les conquérants. Ils galopaient en tous sens, s'interpellaient, se chuchotaient des consignes. Déçu, l'empereur n'y prêta pas attention et nous retournâmes dans ses appartements. Cette effervescence excessive m'avait intrigué. Mais la répétition des parties de patolli étouffa bientôt mon inquiétude.

Vers la fin de l'après-midi, un brouhaha éclata derrière les portes de la pièce où nous nous trouvions. On s'agitait, on criait. Montezuma suspendit le jeu pour écouter ce remue-ménage. De pesants silences succédaient aux vociférations. Nous patientâmes de longues minutes avant qu'une escorte ne pénètre dans la chambre.

Le barbu qui nous avait rabroués, Pat et moi, menait une troupe d'une dizaine d'hommes en armes. Ils étaient dépenaillés, le visage couvert de suie. De grosses taches brunâtres maculaient leurs habits. Du sang!

Pedro de Alvarado ne s'inclina pas. Il fonça droit sur le Fils du Soleil et ordonna à ses soldats de s'emparer du souverain. Les serviteurs qui traînaient dans les parages s'envolèrent comme une nuée de moineaux. Sans aucun ménagement, l'empereur fut maîtrisé, ses bras tordus dans son dos. Dans leur fougue, les guerriers renversèrent aussi notre table et piétinèrent le plateau de patolli. C'est la seule action sensée qu'ils exécutèrent. J'étais tellement ahuri que je faillis les remercier. Le capitaine, qui semblait hors de lui, s'approcha de l'Orateur Sacré et le saisit par son manteau de plumes vertes.

« Traître ! hurla-t-il. C'est toi qui as comploté en vue de la révolte. Tu espérais nous massacrer jusqu'au dernier.

L'hospitalité aztèque ! Des chiens que j'ai fait égorger ! »

Il leva le bras et frappa Montezuma violemment. Sous le choc, la lèvre du souverain se fendit. Le sang coula sur le somptueux vêtement. Des gouttes écarlates souillèrent l'étoffe verte.

Tout s'était produit si vite que je n'avais pu réagir. Un garde m'empoigna. Ses yeux, ivres de fureur, passaient à travers moi. Il était habité par l'envie de meurtre. Je crus qu'il allait me transpercer de son épée. La lame était encore tachée. Je ne dus ma survie qu'au sang-froid de Montezuma.

« Expliquez-vous, capitaine, déclara-t-il avec une noblesse qui désarçonna son interlocuteur. J'ai promis à Cortés que lui et les siens seraient en sécurité. Je respecterai ce serment. »

Sa réponse avait figé l'assistance. J'aurais pu ricaner de ce mensonge proféré avec tant de bonne foi, mais ce n'était pas l'heure adéquate. L'homme qui me tenait baissa son arme. Alvarado, lui aussi, hésitait. Il était allé trop loin. En molestant l'empereur, il avait franchi une limite et peut-être le regrettait-il maintenant. Que dirait Cortés à son retour ? Lui pardonnerait-il cet excès ? Montezuma était la pièce maîtresse des occupants. Tant qu'ils le tiendraient en leur pouvoir, le peuple qui vénérait son souverain ne se livrerait pas au désespoir. Et le désespoir donne la force de soulever des montagnes.

« Vos dignitaires voulaient profiter de la fête pour lancer une attaque, reprocha le militaire. Ils avaient caché des armes sous leurs vêtements. J'ai dû les devancer. Les cadavres de six cents d'entre eux reposent sur le lieu de la cérémonie. »

Pat ! Pat se trouvait à l'endroit du massacre ! Le sol se dérobait sous mes pieds. Allais-je voir disparaître tous mes proches, un à un ?

« J'en suis venu à bout, poursuivit l'Espagnol. Mais le plus grand désordre règne dans la cité. Le peuple est en ébullition, il s'arme de bâtons, de pierres, d'outils, excité par des généraux séditieux et des prêtres exaltés. Ou plutôt ce qu'il en reste. S'ils donnent l'assaut, je puis vous assurer que vous mourrez avec nous. »

Nous étions au cœur de la tourmente. Le chaos prophétisé par Visage d'eau s'était emparé de Tenochtitlán. La mort rôdait dans les rues et dans le palais même où était prisonnier Montezuma. Comment échapper à cet embrasement ? Combien de vies seraient broyées dans cette bataille ?

Je ne pus assister à la suite. Le soldat me traîna hors de la salle. Montezuma ripostait toujours tandis que s'élevait une marée d'injures.

Nous nous engageâmes dans un couloir ténébreux. Mon tortionnaire voulait-il me tuer loin des yeux du souverain ? Cette précaution me paraissait superflue. L'Orateur Sacré n'était plus en état d'empêcher mon exécution. Le geste d'Alvarado avait mis à nu la criante vérité que chacun s'était employé à masquer : le Fils du Soleil n'était qu'un jouet aux mains des barbares. Il n'avait conservé son titre que parce que cela servait l'intérêt des envahisseurs. Sa cour, préservée en apparence, n'était qu'une mascarade. Et, depuis longtemps déjà, son existence ne tenait qu'à un fil.

Une silhouette émergea de l'ombre. Elle nous attendait. Le soldat avait donc reçu des ordres. Il m'avait sciemment soustrait à l'entourage de l'empereur. À cause de l'obscurité, je ne vis pas tout de suite à qui j'avais affaire. Le nouveau venu s'inclina et chuchota quelques mots. Soudain, un domestique passa en courant, une torche à la main. Un rayon de clarté nous frôla. J'entrevis le motif d'un vêtement : des cercles d'argent qui abritaient des monstres. Marina ! Ce fut ma dernière pensée. Je ressentis une douleur fulgurante à la nuque et le néant m'avala.

23

J'AVAIS MAL. Comme si un cercle d'acier comprimait ma boîte crânienne et menaçait de la briser comme une noix. Un ballet informe de couleurs voltigeait devant mes yeux. J'ébauchai un mouvement, mais la douleur explosa à la base de ma nuque. Mon gémissement attira une présence. On frôlait ma joue, épongeait mon front avec un linge humide.

« Vous croyez qu'il va s'en sortir ? »

Je connaissais cette voix. Impossible cependant de la rattacher à un visage. Cela demandait trop d'efforts. Je battis des paupières pour ajuster ma vision, en vain. Un pan de ténèbres descendit sur mes prunelles et je m'évanouis.

À mon deuxième réveil, la souffrance était beaucoup plus supportable. Si le contour des objets restait flou, je distinguais tout de même leur masse. J'avais soif, une soif inextinguible. Je voulus quémander de l'eau, mais les syllabes collaient à mon palais.

« Il a repris conscience. »

C'était une voix d'homme, rauque et traînante. Quelqu'un soulevait ma tête. Des vrilles de feu me perforaient le dos. Je réussis à articuler : « À... boire... » Et, bientôt, une délicieuse fraîcheur mouilla mes lèvres.

« Tom ! Tom ! »

Qui m'appelait ?

« La plaie n'est pas infectée. Il est hors de danger », constata la voix masculine.

Ce n'était pas elle qui avait prononcé mon nom. Alors qui ? J'étais trop fatigué. Avaler quelques gouttes m'avait épuisé. Plus tard. Je trouverais plus tard. Pour l'instant j'avais besoin de dormir.

«Eh bien ! Tu peux te vanter de m'avoir causé la trouille de ma vie. »

Pat ! C'était Pat qui me parlait. Je savais qu'elle avait trouvé la mort lors de la cérémonie : Alvarado avait ordonné le massacre de tous les participants. Pourtant, Pat veillait à mon chevet, m'entourait d'attentions. Je devais absolument lui avouer mon amour avant que son fantôme ne se dissolve dans les airs.

« Tu m'expliqueras plus tard. Il faut que tu reprennes des forces. »

Elle avait posé sa main sur ma bouche. La tiédeur de sa paume me fit sursauter. Pour un esprit, elle semblait plutôt solide. Je désirais plus que tout l'embrasser, mais c'est à peine si j'arrivais à bouger mes lèvres. Elle dut se méprendre sur mon geste car elle m'avertit : « Si tu t'acharnes à papoter, je m'en vais. »

La lassitude engourdissait mes membres. Je n'étais

pas assez costaud pour braver ses interdits. Pourvu que son spectre ne s'efface pas avant d'avoir écouté ma déclaration...

Ce n'était pas un revenant qui m'avait soigné. Au bout de quelques jours j'allais beaucoup mieux et je pus me rendre compte que la jeune fille était bien là, en chair et en os. Elle me fit le récit de sa mésaventure : « La fête battait son plein lorsque je suis arrivée dans l'enceinte du temple. Beaucoup de nobles et de hauts militaires s'étaient rassemblés. Les manteaux de plumes multicolores donnaient à la scène des allures de féerie. Sans compter les bijoux d'or massif qui claquaient sur les poitrines, s'enroulaient autour des jambes ou glissaient le long des bras. Le spectacle me fascinait. Il y avait une immense ferveur dans ce rassemblement, mais rien d'hostile. D'ailleurs je n'ai aperçu aucune arme chez les Aztèques. Ils étaient venus prier leur Dieu et dansaient au son des conques pendant que les prêtres allumaient des feux. Alvarado était présent avec ses hommes qu'il avait regroupés vers la sortie. Je me suis dépêchée de remplir ma mission. Localiser Serpent de Turquoise était facile. Il dirigeait la cérémonie. Le général s'est d'abord offusqué de mon interruption, mais il a suffi que je lui dise que je venais de la part de l'Orateur Sacré pour qu'il m'écoute. J'ai transmis le message de Montezuma, puis je lui ai parlé de ses enfants. Il avait déjà acquitté la rançon de Trois Roseaux. Le nouveau-né avait retrouvé les bras de sa mère. Quant à Bonne Fontaine, il a confirmé ce que nous avait dit l'empereur. Serpent de Turquoise n'a jamais eu de fils. Il ne connaissait personne de ce nom et il était sûr que Visage d'eau n'avait pas la charge d'un autre enfant quand il lui avait confié sa fille. Comme je ne savais pas quoi ajouter, je l'ai salué. Tu imagines dans quel état je me trouvais. Nous n'avions pourtant pas eu la berlue. J'ai traîné Bonne Fontaine avec moi quand les bandits nous poursuivaient. Ce gamin a voulu me faire avaler des fourmis. Je n'ai pas inventé tous ces détails ! Il y a un mystère là-dessous. Pourquoi Visage d'eau a-t-il couvert les mensonges de ce mioche ? Il devait bien savoir que ses protégés n'étaient pas frère et sœur. Je n'y comprends rien. J'espère que le garçon n'est pas resté captif de Tizoc et de sa bande. S'ils n'ont pu obtenir de l'argent, je n'ose songer au sort qu'ils lui ont réservé.

– Bonne Fontaine affichait une confiance à toute épreuve, commentai-je. Souviens-toi de ses bavardages, de sa tranquillité alors que nous tremblions de peur.

– Je n'y comprends rien, répéta mon amie, le front soucieux.

– Et Tlaloc Umaru ? As-tu pu lui parler ?

– Je m'apprêtais à le faire quand un hurlement a immobilisé les danseurs. Alvarado s'était redressé. Il haranguait ses troupes. Je crois que les cris de liesse l'avaient effrayé. Il a cru que la fête tournait à l'émeute. Avant que j'aie pu réagir, les Espagnols ont chargé. Ils fendaient la foule avec leurs épées, tranchant le corps des victimes qui tentaient de fuir. J'ai vu les hommes tomber sans résistance aux pieds de leurs bourreaux. Comment auraient-ils pu se défendre ? Une partie des envahisseurs avaient encerclé l'esplanade, bouchant l'issue principale. Ils rechargeaient sans cesse leur arbalètes, transperçant ceux qui escaladaient les murs pour échapper à cette boucherie. Les fantassins poursuivaient le carnage. C'était atroce. Il y avait des femmes dans le public. Elles pleuraient, suppliaient. Rien n'arrêtait les Espagnols dans leur immonde besogne. Ils ne stoppaient le massacre que pour arracher les bijoux des mourants. Une main m'a attrapée. J'étais épouvantée et j'ignore encore comment j'ai pu trouver la force de suivre l'inconnu qui me tirait vers le temple. Nous nous sommes engouffrés dans une galerie, juste avant que son accès ne soit barré. Nous avons suivi des couloirs et des couloirs, rampé dans des souterrains, jusqu'à atterrir ici, dans une annexe du Templo Mayor où des prêtres nous ont pris en charge. »

Pat hoquetait encore au souvenir de cette horreur. Je n'avais pas de mal à reconstituer la violence de l'assaut, la cruauté des soldats. Moi aussi j'avais connu la guerre et c'était une expérience traumatisante. Je ne pouvais malheureusement pas apaiser mon amie et chasser les visions infernales qui hantaient son esprit. Le temps seul parviendrait à les estomper peu à peu.

Ainsi, Alvarado avait déformé la vérité. Les Aztèques

n'étaient pas à l'origine de la barbarie, aucune volonté belliqueuse ne les animait. Le capitaine avait perdu son sang-froid et ordonné une mise à mort bien inutile. Son erreur était inexcusable. Et sans doute en était-il conscient quand il avait brodé sa version des faits.

Pat me confia le nom de son sauveur : Héron Bleu. C'était un célèbre joueur de Tlachtli, le jeu de paume aztèque. En tant que tel, il connaissait parfaitement la capitale et son enclos sacré, puisque c'était là que se déroulaient les tournois. Dans sa prime jeunesse, le jeune homme avait d'abord fréquenté l'armée. Il y avait acquis des rudiments de médecine auprès d'un praticien dont il était devenu l'aide. C'était grâce à ses remèdes que j'allais bientôt être d'aplomb. Je ne manquai pas de le remercier quand il vint changer mes pansements. Sans lui, le coup que j'avais reçu à la tête aurait été fatal.

Durant ma convalescence, je sympathisai avec Héron Bleu. C'était un homme intègre, à la physionomie franche et ouverte. Il souriait sans cesse, comme si le moindre détail lui fournissait des raisons d'être heureux. Il fut pour beaucoup dans ma guérison. Sa bonne humeur perpétuelle chassait les idées macabres qui encombraient ma cervelle.

Je me souvenais du guet-apens tendu par Marina, mais j'avais de nombreux morceaux à recoller avant de combler le gouffre des journées qui s'étaient écoulées. Mes deux gardes-malade étaient plutôt bavards, pourtant ils se taisaient toujours dès que j'essayais d'en savoir plus sur le lieu où nous nous trouvions et comment j'y avais été amené. J'avais beau poser des questions, ils changeaient systématiquement de sujet. Malgré tout, en rassemblant les bribes d'information qui leur avaient échappé, je compris que nous étions considérés comme les protégés des prêtres et que nul ne viendrait braver leur protection. Au moins cela nous assurait une période de calme.

Une cinquantaine de personnes s'entassaient dans les trois salles qui nous servaient d'asile. Nous étions tous traités comme des princes. La nourriture était aussi succulente qu'abondante et les religieux, lors de leurs visites, rivalisaient d'égards. Une dizaine d'entre nous étaient des rescapés de la tuerie. Les autres des prisonniers de guerre ou d'anciens esclaves. Ce mélange limitait la communication. Malgré des conditions matérielles plus que favorables, une ambiance taciturne planait sur notre communauté. Je m'interrogeai à maintes reprises sur cette morosité, sans jamais en découvrir la raison.

Lorsque je pus enfin marcher, je constatai avec stupéfaction que la porte de notre résidence était barricadée par de vigoureux portiers. Tandis que je m'avançais, ils jouèrent de leurs muscles et brandirent leur lance. Cela me dissuada tout à fait de sortir. Nous étions donc prisonniers. Choyés certes, mais prisonniers.

Je retournai consulter Héron bleu. Mes questions l'embarrassèrent. Comme je le pressai, il abandonna enfin sa réserve : « Ton amie ne voulait pas t'affoler, mais c'est maintenant une précaution inutile. Nous avons été désignés pour nourrir les dieux sur la pierre du sacrifice. Dans quelques jours, nous gravirons les marches du Templo Mayor et notre cœur sera offert aux divinités. »

24

Je tournais en rond et me rongeais les ongles. Telles étaient mes occupations principales tandis que filaient les jours nous rapprochant du supplice. Un lion en cage. Enfin c'est une façon de parler car, pour nos geôliers, j'étais aussi redoutable qu'un canari. Les repas avaient beau flatter notre palais, ils me restaient en travers de la gorge. Les murs, même recouverts de fresques magnifiques, n'en étaient pas moins ceux d'une cellule. Et si tout le monde ici semblait résigné, la perspective d'une lame d'obsidienne fouaillant dans ma poitrine ne m'inspirait pas la sérénité. Je n'avais qu'une obsession : m'évader. Hélas, inutile de sonder les cloisons, il n'y avait aucun passage dérobé comme on en trouve dans les romans. Pas de mécanisme ingénieux qui nous aurait sauvés *in extremis*. Et encore moins de charge de la cavalerie en vue d'éparpiller nos adversaires. Nous vivions dans une attente morne et désespérée.

Malgré notre réclusion totale, les nouvelles du monde extérieur nous parvenaient. Cortés avait fini par rejoindre Tenochtitlán. Sa deuxième entrée dans la ville n'avait rien eu de comparable avec la première. Depuis le massacre, les Espagnols s'étaient retranchés dans leurs quartiers et ne les quittaient plus. Lors de l'arrivée de Cortés, la population avait déserté les rues afin de permettre au chef des hommes blancs de rallier les siens. C'était donc dans une capitale vide que le conquérant s'était avancé. Au lieu de cortèges de fleurs, il n'avait croisé cette fois que quelques chiens errants. Un silence de tombeau avait remplacé les clameurs d'allégresse d'autrefois. Le temps des embrassades, des célébrations en grande pompe était révolu. La haine dévorait les deux camps et l'on retardait l'affrontement uniquement parce qu'on savait qu'il serait terrible. Le piège s'était refermé sur le chef des envahisseurs. On n'avait supporté son retour qu'à seule fin de mieux les exterminer, lui et tous les siens. Toutefois les Espagnols comptaient sur la présence de Montezuma dans leurs rangs pour freiner la vengeance des Indiens. Mais la colère était trop forte pour résister longtemps et ménager le souverain déchu. Dans chaque maison on s'activait en vue de l'ultime combat. La fierté aztèque, étouffée depuis des mois, soufflait à nouveau. Elle ne tolérerait plus les brimades, les camouflets et les meurtres. On promettait aux idoles une mer de sang pour étancher leur soif.

Mes compagnons de captivité tiraient un orgueil démesuré du rôle qu'ils allaient jouer dans cette guerre. C'était ce qui expliquait leurs mines graves et recueillies. Victimes livrées aux dieux pour sauver l'Empire, personne ne les aurait convaincus de céder leur place. Certains piétinaient d'impatience et accusaient les prêtres de trop tarder. Les anciens esclaves pensaient que cette fin spectaculaire rachetait leur existence obscure. Les ennemis capturés sur le champ de bataille y voyaient une consécration. Quant au petit groupe des rescapés, dont Pat et Héron Bleu faisaient partie, il s'était depuis le début résolu à mourir. Le jeune homme m'expliqua en effet que, en pénétrant dans le sanctuaire, ils s'étaient offerts à la lame des prêtres. Le choix avait été facile. Entre périr sous les coups des Espagnols et gagner le paradis réservé au héros, ils n'avaient guère hésité. Je dialoguais des heures avec le joueur de Tlachtli sans réussir à le faire changer d'avis. Il avait été élu et concevait son trépas prochain comme un honneur. Échapper au sacrifice revenait à trahir les siens, à amputer leurs chances de victoire dans la guerre à venir.

Ainsi Marina avait-elle parfaitement organisé son plan. Elle aurait pu me faire exécuter par le soldat, mais c'était une fin trop rapide qui ne contentait pas sa perversité. En m'abandonnant aux religieux, elle prolongeait mon agonie. Cette idée devait la faire suffoquer de joie. Quel démon la poussait à m'en vouloir ainsi ? La condition d'esclave lui répugnait-elle tant pour qu'elle s'acharne à tourmenter les malheureux qui passaient à sa portée ? Croyait-elle effacer ainsi les humiliations qu'elle-même avait subies ? Avait-elle besoin d'exercer un pouvoir de vie et de mort pour se prouver qu'elle était définitivement à l'abri des revers de fortune ? Ou alors la confiance que nous avait accordée Montezuma l'avait-elle ulcérée ? J'étais partagé entre le dégoût et la pitié.

Elle avait dû souffrir le martyre pour être aussi inhumaine. Quoi qu'il en soit, la plaindre ou la détester ne modifierait pas mon sort.

De son côté, Pat se comportait avec courage. Pourtant, depuis ma guérison, elle sombrait parfois dans des accès de panique que j'avais toutes les peines du monde à endiguer. Elle me prenait à partie et exigeait le secours de ma sorcellerie. Mais le flux demeurait absent. Je me concentrais jusqu'à en avoir des migraines, sans déceler la plus infime particule magique. Énergie niveau zéro. De quoi devenir fou ! Et lorsque j'essayais d'échafauder une évasion, mon amie me désignait les gardes, ce qui mettait un terme à tous nos espoirs.

Un après-midi, des prêtres firent leur apparition. Ce n'étaient pas ceux qui nous apportaient notre nourriture. Ceux-là avaient revêtu de longues robes noires et dégageaient une odeur pestilentielle. La crasse barrait leurs visages de traînées charbonneuses ; leurs cheveux défaits, enduits de goudron, pendouillaient en mèches gluantes et l'étoffe de leurs habits était raidie par une matière non identifiable. Les sacrificateurs. Ils avaient fait le vœu de ne jamais se laver et exhibaient partout les traces de leur ignoble travail.

Chacun comprit que le moment fatidique était arrivé. Pat se serra contre moi. Je sentais son corps qui tremblait et lui serrai la main. Ce n'était pas possible, il fallait qu'il se passe quelque chose, nous ne pouvions pas finir comme ça !

Héron Bleu et les autres prisonniers se dépouillaient de leurs manteaux qu'ils troquaient contre des pagnes blancs. Nous fûmes contraints de faire de même.

J'oubliai toute pudeur. Ma nudité était bien le dernier de mes soucis. Je songeai qu'il n'y avait pas si longtemps j'avais eu honte de révéler mon anatomie de rêve à Pat. Aujourd'hui cela ne me faisait ni chaud ni froid.

Nous fûmes ensuite répartis en deux colonnes. Héron Bleu me précédait et ma camarade se trouvait juste derrière moi. Le plus étonnant restait la docilité de notre groupe. Les hommes partaient pour l'abattoir sans états d'âme, un vague sourire aux lèvres. Quel peuple étrange que les Aztèques ! Ils envisageaient la mort avec un flegme confondant.

Je n'aurais bientôt plus à me tracasser. Je retrouverais peut-être Tooloo, si toutefois il avait péri. Mordom, quant à lui, envahirait la France. Ma tâche s'achevait. J'avais perdu. Mais toutes ces sinistres pensées ne calmaient pas du tout ma terreur.

Nous longeâmes un corridor aux murs peints d'écarlate. À intervalles réguliers, une tête de monstre saillait. Toujours la même. Ses yeux avaient été façonnés à l'aide d'une mosaïque et chaque éclat de pierre luisait. On aurait cru qu'il suivait notre progression, savourant par avance le sang bientôt répandu.

Puis il nous fallut baisser la tête car nous nous engagions dans un boyau dont l'étroitesse avait quelque chose d'étouffant. Aucune ornementation dans cette galerie percée dans le roc. Le granit portait encore les marques des outils qui avaient servi à l'excavation. Nos pieds glissaient, se blessaient sur les arêtes aiguës de la roche. À l'avant, un vieil homme dérapa. Aussitôt un prêtre lui asséna un coup de poing brutal sur l'échine. Sans émettre la moindre plainte, le vieillard se redressa et se remit en route.

Malgré la fournaise qui régnait, je claquais des dents. J'entendais la respiration de Pat. Elle haletait.

À présent, le sol s'inclinait et nous dûmes grimper. Les efforts de tous les hommes réunis bourdonnaient à mes oreilles : bruits des pas, des cailloux qui dévalaient la pente, des bouches ouvertes à la recherche d'air. Une mélopée nous entoura soudain. Elle s'amplifiait au fur et à mesure que nous montions vers la surface. D'abord confuse, elle croissait, se scindait en une multitude de cris. Couvrant les battements de tambours, des lamentations poussées par mille gorges saturaient l'espace.

Nous émergeâmes au cœur de l'enclos sacré, face à la pyramide du Templo Mayor. Le peuple entier s'était donné rendez-vous sur l'immense esplanade. Elle grouillait de monde. Je ne distinguais qu'une marée de têtes, à perte de vue. Les gorges hurlaient, jetaient au ciel des prières. Les prêtres parcoururent notre rangée, rectifièrent son agencement puis s'immobilisèrent, face au monumental escalier qui s'élançait vers la pierre du sacrifice.

Des conques retentirent et la foule se figea, comme frappée par la foudre.

Je me retournai, mais, avant de croiser le regard de

Pat, mes yeux s'arrêtèrent sur une construction démoniaque. Posée sur une sorte de tertre, une gigantesque charpente de bois servait à contenir des milliers de crânes, restes édifiants des anciennes victimes. À cette vision, mon estomac se souleva et je faillis vomir.

Je n'eus pas le temps de me ressaisir. Notre groupe s'était ébranlé. Il commençait à gravir les marches du temple. Cent vingt marches, voilà ce qui me restait à vivre. L'assistance, toujours muette, nous fixait de ses prunelles fiévreuses. Mes jambes fléchissaient. J'allais m'écrouler d'angoisse. Nous dépassâmes une statue de la taille d'une voiture et qui figurait une grenouille. Mon corps fonctionnait malgré moi. Ma jambe se leva devant le premier degré de pierre. Un autre. Encore un autre. Et le suivant. Comme un automate, j'enchaînais les gestes. Des clameurs brisèrent la torpeur qui m'engourdissait. En bas, le public exultait. Le dos de Héron Bleu me masquait la vue. Une volute d'encens nous enveloppa et cela acheva de me chavirer. Pourtant je montais toujours. Je me rendis brusquement compte que je pataugeais dans un liquide visqueux et chaud. Avant que je comprenne qu'il s'agissait du sang des premiers sacrifiés, un cadavre roula sur ma gauche. Il dévalait la paroi de la pyramide pour aller s'écraser quelques mètres plus loin. Les spectateurs s'en emparaient. Il fallait que je crie, que j'expulse l'épouvante qui m'assaillait. Mais ma voix semblait éteinte, bâillonnée au fond de ma gorge. Un vertige m'étreignit. Je montais toujours. Je ne savais plus où j'étais, qui j'étais, pourquoi des acclamations fouettaient l'air autour de moi. De vagues silhouettes dégringolaient, pantins jetés dans le vide. Et je montais toujours.

Tout à coup, mes mollets stoppèrent leur mouvement. J'avais atteint le sommet. Devant moi Héron Bleu redressait les épaules. Deux prêtres le saisirent par les bras et le retournèrent, avant de le coucher sur un bloc de jaspe. Le jeune homme contemplait le ciel d'un air extatique. La surface convexe de l'autel projetait son buste en avant.

En un clin d'œil, j'enregistrai une multitude de détails : le sanctuaire qui s'élevait sur trois étages, en arrière-plan ; les niches abritant les divinités, devant lesquelles brûlaient les braseros ; la statue noire du dieu principal, ornée de feuilles d'or et brandissant un bouclier aussi poli qu'un miroir.

Un homme s'interposa entre moi et ce spectacle. Il portait une coiffe aux longues plumes bleues, un pagne de la même couleur et un masque grotesque. Son torse nu était couvert d'éclaboussures. Il leva la main en direction du soleil. La lame du couteau d'obsidienne étincela. Héron Bleu souriait encore lorsqu'elle plongea dans son cœur.

Je détournai violemment la tête. Mais déjà on m'empoignait.

Je fus hissé sur la pierre du sacrifice, les membres écartelés. L'azur était sans nuages. C'était sans doute la dernière image que je conserverais de ce monde.

L'ombre de la lame s'incrusta sur le carré du ciel.

25

Le poignard rebondit avant d'atteindre mes côtes. Le prêtre émit un grognement rageur et abattit à nouveau son bras. Une fois de plus, l'arme fut détournée.

Je me rendis compte que, de mon corps, émanait un halo de lumière. Il m'enveloppait telle une carapace. La magie se manifestait. Elle ne m'avait pas abandonné. Bien au contraire, son action contrecarrait celle du sacrificateur.

Incrédule, le religieux arracha son masque. Un bâton de jaspe traversait sa cloison nasale. Ses sourcils broussailleux s'arquèrent.

Les spectateurs étaient trop loin pour remarquer l'incident. Pour eux, la cérémonie suivait son cours sans anicroche. Seuls les officiants qui nous entouraient réagirent. Ils levaient les paumes vers le ciel et leurs manteaux, que le vent faisait claquer, battaient comme des ailes de corbeau.

« Par Tlaloc ! » jura mon assassin potentiel.

Ce nom me fit l'effet d'une électrocution. Tlaloc, le dieu de la pluie ! Celui que servait le mage choisi par Merlin ! Au prix d'un effort intense, je bafouillai : « Tla... Tlaloc... U... Umaru... »

Mon bourreau frémit. Son visage se décomposa soudain et son instrument de supplice glissa à terre.

Sur la plate-forme, le désarroi gagnait les prêtres ainsi que les victimes encore en vie. Les divinités refusaient-elles l'hécatombe ? Quel funeste présage cela signifiait-il ? L'homme à la coiffe bleue s'inclina sur moi : « L'élu ? Serais-tu l'élu ? »

J'acquiesçai en me dégageant de la pierre du sacrifice. Personne ne songeait à m'en empêcher.

« Je suis Tom Cox, prononçai-je d'une voix plus affermie. C'est Merlin qui m'envoie. »

Ces phrases seraient-elles assez explicites ?

Le regard du religieux plongea dans le mien. Il s'insinuait dans mon esprit, sondait chacun de ses replis. Je ne pouvais pas lutter contre cette intrusion qui violait mes pensées les plus intimes.

« Emportez cet adolescent dans le sanctuaire, ordonna Tlaloc Umaru qui me délivra de son emprise mentale avec une brusquerie douloureuse. Le dieu n'autorise pas sa mort. »

Je titubais. Il fallut me soutenir jusqu'à la porte de l'édifice où trônait la statue au bouclier.

« Elle est avec moi », suppliai-je en me retournant.

Ma main désignait Pat. La jeune fille vacillait au bord du vide. Le devin se contenta d'un hochement de tête. On nous emporta vers l'intérieur. Les immolations reprenaient. Un tambour résonna si fort que les murs tremblèrent. Mais ça n'avait plus d'importance, nous avions la vie sauve.

Pat me tomba dans les bras. Elle pleurait, riait à la fois. J'étais, moi-même, complètement chaviré. Alors que nous allions frôler la mort d'un cheveu, qui aurait parié sur notre succès ? Je dois avouer que je n'y croyais pas non plus. Ce dénouement était totalement inattendu. Mon intuition avait donc été la bonne. L'énergie magique visait bien un objectif en nous faisant traverser tous les périls. Elle m'avait guidé vers le mage. Certes, cet accomplissement avait demandé bien des détours. Mais, à cette minute, je ne songeais qu'au bonheur d'avoir réussi à trouver celui qui restaurerait mes pouvoirs. Nos misères prenaient fin. Je ne dépendrais plus du hasard. Ou du moins, je serais capable de me défendre. Un avenir tout neuf s'offrait à moi. J'allais découvrir la puissance. Non seulement mes dons seraient accrus, mais en plus je pourrais agir sans craindre un dérapage. Fini, les hésitations, les ratés. Si Merlin n'avait pas menti, je bénéficierais de la sorcellerie des Sages. Autant dire d'un potentiel infini. Je ne savais pas encore tout ce que cela impliquait, mais immanquablement ma destinée serait changée. J'étreignis ma camarade avec une vigueur décuplée. Depuis longtemps je n'avais pas connu une joie aussi aiguë.

« C'est vrai ? C'est bien vrai ? » répétait Pat à travers ses larmes.

Oui, rien n'était plus réel. Notre aventure touchait à sa fin. Nous allions rentrer à la maison. Et pour mettre un comble à mon ravissement, je serrais mon amie contre ma poitrine.

« Pat Malouche, déclarai-je, tu es une fille épatante. »

L'adolescente éclata de rire sous le compliment, juste avant de répliquer : « Tom Cox, tu n'es pas mal non plus. »

Ces effusions bien compréhensibles avaient permis à la cérémonie de s'achever. Tlaloc Umaru nous rejoignit. Il ôta sa coiffe de plumes, qu'il remit à un de ses assistants, et se lava les mains dans une bassine d'or.

« Je me demandais si vous n'arriveriez pas trop tard », confia-t-il.

On lui tendait un manteau de coton parsemé de poissons brodés. Il s'en drapa solennellement et poursuivit : « Le Monde Unique va disparaître. Merlin m'a prédit sa dislocation. Notre civilisation sera réduite en poussière, son histoire effacée. Même ce temple, dont la grandeur semble défier le temps, sera rasé sur les ordres de Cortés. On oubliera le nom de Tenochtitlán. Pour les générations futures, cette ville s'appellera Mexico. Les hommes si braves de mon peuple ignoreront leur passé. Oh ! cela prendra encore du temps, mais pas tant que cela. Montezuma, notre Orateur Sacré, sera blessé ce soir. Il mourra dans trois jours. Alors, les Aztèques chasseront les Espagnols au cours d'un combat inouï que les livres d'histoire nommeront *La Noche triste*, la triste nuit. Mais ce ne sera que partie remise. Cortés reviendra. Avec l'appui des provinces libérées de notre joug, il assiégera la cité. Ainsi pas une de nos maisons ne restera debout. »

Notre interlocuteur marqua une pause. Malgré son vêtement d'apparat, il nous parut soudain misérable, comme s'il venait de toucher le fond de la détresse. Ses joues burinées ressemblaient à du parchemin et j'aperçus les premiers fils argentés qui striaient sa chevelure. Quel âge pouvait-il avoir ? Quarante ans ? Cinquante ? À cet instant c'était un vieillard.

« Pourquoi permettre cela ? m'insurgeai-je, ému. Utilisez des sortilèges. Si vous êtes aussi expert en magie que Merlin l'a affirmé, il doit vous être facile de... »

Je m'interrompis devant l'expression du devin.

« Mordom ! » lâcha-t-il.

Le nom maudit claqua à mes oreilles. Partout le mal progressait par sa faute. Son œuvre de destruction n'avait pas de limites.

« Le Maître des ténèbres a prévu ma fin, avoua Tlaloc Umaru. Je ne sais ni comment ni quand. Mais elle surviendra suffisamment tôt pour que je ne puisse pas aider les miens. Le quatrième monde est condamné. »

Les épaules du mage s'affaissèrent. Pat échangea avec moi un regard lourd de compassion. Hélas, je sentais que ces prophéties étaient exactes.

« J'aurai du moins la satisfaction de ne pas lui faciliter la tâche, se ressaisit le prêtre du dieu de la pluie. En réorganisant tes pouvoirs, je vais te donner la chance de lutter à armes égales. Peut-être sauveras-tu le monde. Ce n'est pas une mince consolation. »

Il était inutile de chercher à le rassurer ou à le contredire. Tlaloc Umaru était persuadé que ce qu'il avait annoncé ne pouvait être évité. Ma guerre personnelle contre Mordom Horpilleur se déroulerait en d'autres lieux. Je n'avais pas ma place dans le quatrième monde.

« Laisse-moi opérer », murmura le religieux.

Il me fit étendre à même le sol et exigea que Pat s'éloigne. Je fixai des yeux la frise qui courait le long du plafond. Un peintre habile avait reproduit des coquillages au relief saisissant. Des guirlandes de fleurs y étaient suspendues en festons.

« Mâche ces champignons divins. Ce sont les champignons noirs de Oaxaca. Ils contiennent une substance hallucinogène qui va te relaxer et simplifier mon intervention. »

J'obéis. Les lamelles séchées s'effritaient sous mes dents. Bientôt, grâce à ma salive, elles se ramollirent et prirent la consistance d'une éponge. Le goût était proche de celui du thé fumé, en plus amer. Une douce langueur se répandit dans mon corps. Je coulais dans une sorte de rêve éveillé aiguisant mes perceptions. Le parfum des corolles accrochées à la cloison emplissait mes narines. Mon ouïe, elle aussi, s'ouvrait aux palpitations de l'air... Soudain un séisme me renversa. Une pensée étrangère s'implantait dans mon crâne. Un réflexe m'encouragea à l'expulser, mais la drogue avait amoindri mes résistances et je finis par me livrer. La sensation, d'abord odieuse, se limita par la suite à un léger trouble. La présence possédait tout mon être. Elle prenait son temps, enracinait son emprise. J'étais à la fois dépouillé et serein. Alors le flux magique bondit. Il se cabrait, rétif sous cette poigne qui voulait le dompter. La lutte s'engagea. J'y assistai avec indifférence. Puis l'étranger battit en retraite et un flot de chaleur m'emporta. Je flottais sur une mer immense que zébraient des étoiles filantes. Des vagues d'or me soulevaient, m'enroulaient dans leurs cabrioles. Je m'élançais en gerbes étincelantes. Les âmes de Memna et de Clothon s'approchèrent de moi. Je sentais leur joie, bien audelà des mots. Ils me berçaient, m'accueillaient. Au plus profond de cette communion, ils me guidèrent jusqu'à un arbre. Son tronc occupait tout l'espace, et plus nous prenions de l'altitude, plus les ramifications se multipliaient. L'Arbre de Vie, celui où s'inscrivaient toutes les générations de sorciers, où fleurissait leur savoir. Les visions s'accéléraient, trop nombreuses pour que je parvienne à les assimiler. Les Ancêtres me conduisaient vers l'endroit ultime : la Branche des Secrets. Là se trouvait le siège de leur force. Je sus qu'il me faudrait un jour accéder à ce lieu. Ici l'histoire viendrait à son terme...

En une déchirure de feu tout se brouilla. Les Sages étaient retournés au néant. L'Arbre à son attente. Je tombais.

26

Lorsque je rouvris les yeux, j'étais bouleversé. L'expérience que je venais de vivre était unique. Jamais je ne pourrais la partager.

Tlaloc Umaru se tenait accroupi à mes côtés, le front en sueur. Le labeur l'avait visiblement exténué. Pat me dévisageait, le regard interrogateur et angoissé.

« C'est fait, affirma le mage. Je ne croyais pas que ce serait si éprouvant. Je ne m'étonne plus que Mordom ait souhaité empêcher cela. Maintenant, tes capacités sont phénoménales. Je n'ai jamais croisé de sorcier qui égale ta force. Tu vas devoir t'exercer afin de parvenir à maîtriser une énergie aussi démesurée. Il faut cependant que tu saches que tout t'est possible, ton imagination est la seule limite. Ton imagination et les contraintes de la matière. »

Je ne désirais pas brusquer mon sauveur. Il avait besoin de repos. J'avais patienté si longtemps qu'un petit délai de quelques minutes ne serait pas une catastrophe. Lorsqu'il aurait recouvré ses esprits, Tlaloc me fournirait toutes les informations nécessaires. L'essentiel était accompli.

Une silhouette obscurcit la porte du sanctuaire. Je crus d'abord qu'il s'agissait d'un assistant qui venait chercher le religieux, mais la taille du nouveau venu me détrompa. Il ne dépassait pas un mètre de haut. Le contre-jour dissimulait son identité. Pat le reconnut la première.

« Bonne Fontaine ! cria-t-elle en se jetant en avant.

– Non ! » s'exclama le devin en levant son bras.

L'enfant nous dévisageait avec un sourire ironique. L'avertissement du prêtre avait bloqué ma camarade dans son élan.

« J'arrive trop tard », ricana le garçonnet tandis qu'une expression diabolique métamorphosait son visage.

Instinctivement je reculai.

« Tu as survécu à tous mes pièges, siffla le gamin habité par une fureur démente. Je me suis pourtant donné bien du mal. Rappelez-vous notre fuite dans la forêt, quand les bandits nous pourchassaient. Vous avez été si faciles à duper. *Je n'en peux plus, continuez sans moi.* »

Il mimait la souffrance, pleurnichait comme il l'avait fait alors. Sa comédie se conclut dans un éclat de rire : « J'aurais juré que les brigands vous feraient la peau. Au lieu de cela, ils ont liquidé ce pauvre Visage d'eau. Un brave homme, quoiqu'un peu naïf. Je n'ai eu aucune difficulté à l'ensorceler. Je me suis introduit dans son esprit et j'ai modifié ses souvenirs pour qu'il répète ma version des faits. Il l'a fait avec une docilité confondante. »

Pat réprima une exclamation d'horreur.

« Je vois que vous commencez à comprendre, railla Bonne Fontaine. Si seulement Tizoc et sa bande vous avaient vendus à la grosse baudruche du marché ! Celui-là aussi, je l'aurais manipulé afin qu'il vous exécute rapidement. Mais vous êtes coriaces et la chance vous a souri. Il a fallu que j'intervienne en envoûtant Marina. Oh ! je n'ai eu qu'à forcer un peu ses penchants. Ce serait une bonne recrue. Elle possède la cruauté nécessaire. Mais cette fois encore mon stratagème a échoué. On dirait même qu'il vous a conduits directement où il ne fallait pas. »

Il désignait Tlaloc Umaru, toujours agenouillé sur le sol.

« On n'est jamais mieux servi que par soi-même. J'aurais dû me souvenir du proverbe.

– Pour... Pourquoi ? articula mon amie que la surprise paralysait.

– C'est un envoyé de Mordom, répliquai-je.

– Exact », approuva l'enfant.

Un rire féroce fusa de sa gorge. Et sans attendre davantage, Bonne Fontaine lança une invocation. Aussitôt, une nuée de batraciens d'un jaune éclatant se mit à grouiller sur le sol. Ils sautaient en tous sens, grimpaient les uns sur les autres, se bousculaient en coassant.

« Les grenouilles venimeuses ! » s'égosilla Pat en cherchant refuge sur le socle de la statue du dieu de la pluie.

C'était une véritable marée. L'effectif des petits corps citron augmentait sans relâche. Je reculai jusqu'à l'angle de la salle. Tlaloc Umaru essayait de se relever, mais la fatigue ralentissait ses gestes. Une créature le frôla. Il eut un haut-le-corps. Là où l'animal l'avait touché, une boursouflure marquait déjà sa chair. Je criai pour qu'il me rejoigne. Hélas, la vague mortelle l'encerclait, lui coupant la route. Je le vis former un sortilège sur ses lèvres. Il n'eut pas le temps d'aller jusqu'au bout. Une grenouille avait bondi sur son pied, puis une autre. En moins de dix secondes, il s'écroula, submergé. Le poison contracta tous ses muscles, il se raidit. Trop tard. Tlaloc venait de succomber. Merlin avait vu juste : le mage ne pourrait rien pour son peuple. Il en adviendrait autant de moi si je ne trouvais pas rapidement une parade. Mes pouvoirs fonctionnaient, je n'avais qu'à les déclencher. Malheureusement, je n'avais pas l'habitude de réagir aussi vite. Allez ! Je devais improviser. Je fermai les paupières et pensai à une boule de feu. Une riposte plutôt simpliste mais efficace. Les flammes carbonisèrent les batraciens en les recroquevillant comme des feuilles mortes.

« On va s'amuser ! » jubila Bonne Fontaine devant cette esquive.

Il passa alors la main sur son corps qui disparut. La pièce était vide. Non, mon adversaire s'était rendu invisible. Il pouvait maintenant me frapper sans que je l'aperçoive. Comment parer ses coups dans ces conditions ? Je créai un flot de peinture rouge et le projetai en cercle autour de moi. La silhouette du garçonnet se matérialisa à deux mètres seulement de ma personne. Il s'était déplacé avec une vélocité stupéfiante. Son bras balançait une sorte de faux. Je baissai la tête au dernier moment. Une mèche de mes cheveux vola. À quelques millimètres près, c'était ma tête qui roulait comme un ballon.

Pat s'agrippait au bouclier de l'effigie de pierre. Son sort dépendait du mien. Si la créature de Mordom avait le dessus, il l'éliminerait en un clin d'œil.

« Passons aux choses sérieuses », gronda l'enfant tandis que son corps se matérialisait à nouveau.

Cette fois, il avait choisi de se métamorphoser. Des écailles couvrirent sa peau. Il glissa sur le sol où son corps se contorsionna. Sa mâchoire s'était allongée et ses dents, plus affûtées que des rasoirs, claquèrent. Un crocodile ! Que dis-je un crocodile, un monstre de la taille d'un bœuf, qui pouvait m'ingurgiter en une bouchée. Je visualisai une cage d'acier qui vint s'interposer entre moi et le carnivore. C'était moins une. Mais à ce rythme, je ne ferais pas de vieux os. Mon ennemi me poussait dans mes retranchements, j'arrivais à peine à répondre à ses attaques. Si je ne prenais pas l'initiative, Bonne Fontaine finirait par l'emporter.

J'en étais là de mes réflexions quand le décor du sanctuaire se déroba. Une lumière verte m'aspira et, avant que je comprenne quelque chose, j'avais atterri sur une surface dure. Un plancher de bois. L'envoyé du Maître des ténèbres m'avait propulsé dans le temps.

Il faisait nuit. Le sol tanguait dangereusement. Mon pagne de coton ne me protégeait guère du froid. Or la température plus que frisquette n'atteignait sûrement pas les valeurs positives du thermomètre. À vue de nez, il faisait entre moins cinq et moins dix degrés. Pas de quoi jouer les plagistes en maillot de bain. Devant moi, une rambarde surplombait un gouffre de nuit. Étais-je à bord d'un navire ? Oui, je reconnaissais le roulis de la mer et le froissement des vagues contre la coque. Ce devait être un gigantesque bateau de croisière. Le pont sur lequel je me trouvais avait les dimensions d'un gymnase. Pas de passager en vue. Heureusement parce que j'aurais eu du mal à faire passer ma tenue pour une anticipation du carnaval. Pas de Bonne Fontaine non plus. Pourquoi m'avait-il téléporté ici, au beau milieu de la nuit ? Je n'eus pas le loisir de me poser la question pendant des siècles. Une masse livide fonçait droit sur nous. La collision paraissait inévitable. Mais que diable venait faire cette montagne blanche en plein océan ? Ce fut un véritable tremblement de terre. Des morceaux se détachèrent de l'immense bloc et se brisèrent à mes pieds. De la glace ! Le paquebot venait d'être embouti par un iceberg géant. Oh ! oh ! cela me rappelait quelque chose. Une traversée interrompue par un accident de ce genre, ça ne se produit pas toutes les semaines... Bonne Fontaine m'avait offert un billet à bord du *Titanic*. Super ! J'avais toutes les chances de finir en glaçon quelque part dans l'Atlantique Nord. Ma première impulsion fut de courir jusqu'aux canots de sauvetage. Si je me souvenais bien du film, quelques individus avaient eu la vie sauve en utilisant ces frêles esquifs. Sauf que les places étaient chères et que j'allais voler celle d'un rescapé. Si toutefois on me laissait embarquer.

La cohue commençait à gagner le pont. Des femmes en chemise de nuit, une pelisse sur les épaules, émergeaient des escaliers. Elles paraissaient hésitantes, mal réveillées. Les hommes, certains encore en smoking, se rassemblaient sur la coursive. Mes doigts étaient bleus de froid. Dans l'affolement général, personne ne remarquait mon accoutrement. Personne non plus ne me proposait une couverture pour m'emmitoufler. J'allais sans doute mourir d'hypothermie avant même d'avoir plongé. Enfin une jeune femme s'avisa de ma présence.

« Que fait donc ici ce passager de troisième classe ? s'insurgea-t-elle. C'est suffisamment déprimant de les savoir si proches, si de surcroît ils doivent exhiber leur nudité répugnante. »

Nudité répugnante ! D'accord je ne suis pas un mannequin, mais on peut formuler des critiques avec plus de tact. En tous cas, inutile de compter sur sa compassion. Eh bien ! Puisqu'elle ne voulait pas me donner de quoi me couvrir, elle allait profiter du spectacle.

Comme je m'approchais de cette pimbêche, une pensée s'imposa à moi. Si le gamin avait le pouvoir de m'expédier dans le temps, je devais aussi le posséder. Il était stupide d'attendre de barboter dans une mer de glace alors que je pouvais fausser compagnie aux naufragés. Pourquoi n'y avais-je pas songé plus tôt ? Décidément, je manquais de jugeote. Il faut avouer que ma transformation en sorcier émérite était si récente que je n'en avais pas intégré toute la portée. Mon adversaire, lui, misait sur cette inexpérience. À malin, malin et demi. Bonne Fontaine allait voir de quel bois je me chauffais.

Je me concentrai sur le tunnel qui permettait les voyages temporels. Immédiatement je fus emporté. Tlaloc n'avait pas menti, l'énergie obéissait au doigt et à l'œil, presque un peu trop brusquement. En effet, dans ma précipitation, j'avais imaginé le tunnel, mais pas ma destination. Un ricanement résonna. Une fois encore mon ennemi prenait le contrôle.

J'atterrissais sur du sable. Des hourras crépitaient tandis que la lueur du soleil m'aveuglait. Au moins, ma tenue était cette fois-ci on ne peut plus adaptée. Même en pagne, je dégoulinais de chaleur. Je mis ma main en visière pour écarter les rayons de mes yeux. Ciel ! Des individus aussi peu vêtus que moi s'empoignaient, avec l'air féroce de cannibales qui s'apprêtent à chasser leur dîner. Ils faisaient tournoyer des filets ou brandissaient des tridents. Des gladiateurs ! C'était décidément mon jour de veine. Les gradins étaient pleins à craquer d'une foule en délire. Dans l'arène, les combattants effectuaient des démonstrations en vue d'impressionner leurs congénères. Bonne Fontaine se tenait parmi eux, brandissant un glaive. Il avait pris un sérieux coup de vieux. Un mètre quatre-vingt-dix, des biceps en béton et la mine patibulaire d'un esclave entraîné aux jeux du cirque depuis dix ans. Il s'acheminait vers moi d'un pas ferme.

Pas question de patienter et tant pis si je décevais le public. Je me téléportai ailleurs. Maintenant que j'avais saisi les astuces, c'était à moi de jouer.

Parfait. Le paysage correspondait tout à fait à ce que j'avais prévu. Une prairie aux herbes hautes que le vent balayait et, au loin, une jungle luxuriante. Si le garçon me suivait, il tomberait peut-être dans le piège. Dans le crépuscule, l'horizon semblait légèrement obscurci. De larges traînées pourpres peinturluraient le ciel qui conservait une étrange clarté. Un ptérodactyle zigzaguait au-dessus d'une mare boueuse. Pas de dinosaures dans les parages, ce qui me réconforta. Après la projection de *Jurassic Parc*, je n'aurais pas aimé côtoyer la dentition du *Tyrannosaurus rex*. Les reflets flamboyants agitaient la végétation. J'avais une minute pour agir. Pas une seconde de plus. Mais que faisait donc Bonne Fontaine ? Était-il resté dans l'arène pour y remporter un succès tonitruant ? Je levai la tête. Comme prévu, le météore fonçait droit sur la Terre. Combien de secondes restait-il avant l'impact ? C'était mon va-tout. Après je risquais fort d'être à court d'invention. La boule en fusion entrait dans l'atmosphère. Incessamment toute forme de vie allait être anéantie. Adieu les dinosaures et autres charmantes bestioles. L'envoyé de Mordom surgit devant moi. Il paraissait un peu ahuri. Me retrouver n'avait pas dû être si aisé. J'allais lui faire avaler son sourire goguenard.

« Jolie tentative, se moqua-t-il. Mais je t'ai retrouvé. Je commence d'ailleurs à me lasser. Tu as choisi de remonter avant la préhistoire, pas de problème. Tu es libre de mourir où tu le souhaites. »

Un sifflement assourdissant nous déchira les tympans. Le vent s'était mis à souffler si violemment que je ne tenais plus sur mes jambes. L'atmosphère vibrait, comme sur le point d'éclater. La température elle-même devenait insupportable. Encore un effort. Résister trois secondes et...

J'avais basculé dans le tunnel.

« Mais où étais-tu ? » implorait Pat, toujours perchée sur la statue.

Je lui fis signe de se taire. J'ignorais si j'avais réussi. La créature avait-elle survécu au cataclysme ? Si elle apparaissait dans le sanctuaire, tout serait à refaire et je n'étais pas sûr de sortir vainqueur de ce duel.

Les secondes s'égrenaient. J'avais la gorge sèche et les mains tremblantes. Pourtant je restais sur le qui-vive.

« Où est Bonne Fontaine ? » demanda Pat en quittant son perchoir.

Oui, j'avais triomphé. L'envoyé de Mordom était trop sûr de lui. Il avait sous-estimé ma ruse. Le temps nécessaire à la téléportation l'avait retenu tandis que l'astéroïde dévastait la planète.

« Je crois qu'il a rencontré plus lourd que lui, répondis-je. Ce serait trop long à t'expliquer. Mais ne le pleure pas. C'était une espèce en voie d'extinction. »

27

« Le *Titanic,* Rome et les ptérodactyles. Tu parles d'une balade. Et ce petit périple en un quart d'heure chrono ! Tu n'aurais pas abusé des champignons hallucinogènes ? »

Malgré ses critiques, Pat riait. Elle ne savait pas trop sur quel pied danser. Fallait-il croire mon récit ou le traiter d'élucubration ? Ce qui l'emportait néanmoins sur ses doutes, c'était la certitude que nous allions retrouver Tours, sa banlieue paisible et notre statut de collégien. Je crois qu'elle n'avait jamais autant apprécié la perspective du retour à l'école. Vive la morne répétition des cours. Surtout si les seules épreuves que nous ayons à traverser étaient les interrogatoires de Mlle Pimbois.

Toutefois, avant de savourer ce calme, il y avait encore deux ou trois points à régler.

« Tu me donnes ta main ? demandai-je.

– C'est une proposition de mariage ? » gloussa ma copine.

Le rouge embrasa mes joues et je me mis à bégayer le plus gracieusement possible.

« Je plaisante », rectifia la jeune fille, qui s'amusait beaucoup de ma gêne.

J'acquiesçai, en souriant à mon tour. Le parfait crétin.

« Ne moisissons pas ici, ajoutai-je. Si les prêtres découvrent la dépouille de Tatloc Umaru, ils risquent de devenir hargneux.

– Puissamment raisonné. »

Pat glissa sa paume dans la mienne. Pourquoi n'avais-je pas répondu oui à sa blague ? J'étais épris, totalement amoureux. Et pour la deuxième fois l'occasion se présentait de faire ma déclaration. Un abominable fiasco. Présence d'esprit : néant. Si je saisissais les perches tendues à cette cadence, Pat serait mère de famille et je me morfondrais pour toujours sur cette belle histoire ratée.

Je fis donc le deuil provisoire de ma révélation – mais don Juan n'avait qu'à bien se tenir car j'allais changer – et nous transportai dans les environs de Tenochtitlán, sur la route que nous avions empruntée lorsque nous étions prisonniers de Tizoc.

« Prodigieux ! applaudit mon amie. Est-ce que tu réalises les modifications que ta magie va apporter à ton existence ?

– Bien sûr, maugréai-je. J'envisage déjà le jacuzzi et les cocktails. »

Elle plaqua les mains sur ses hanches. Ça faisait bien longtemps que je ne l'avais vue adopter cette attitude. Décidément tout rentrait dans l'ordre.

« Sérieusement, poursuivit Pat en refoulant un mouvement d'humeur. Tu peux satisfaire tous tes désirs : une console, un ordinateur, une moto, une patinoire privée, un jet...

– J'aimerais plutôt revoir mes parents. »

Cette remarque clôtura la discussion. Le bel enthousiasme de l'adolescente battit de l'aile. Elle soupira avant de rétorquer : « Je t'y aiderai. Après tout, tu n'es plus aussi démuni. Mordom n'a qu'à bien se tenir. »

Pourvu qu'elle dise vrai.

Le paysage était grandiose. La ville reposait sur la surface bleutée du lac, à la façon d'un immense radeau. Les édifices s'agglutinaient tels des cubes de craie soulignés parfois de peintures multicolores. Chênes, cèdres et sycomores encadraient ce joyau d'un écrin d'émeraude que couronnait le Popocatépelt et ses fumerolles ocre. À cette distance, la capitale aztèque ressemblait à un paradis.

Pat m'arracha à ma contemplation.

« Tooloo ? interrogea-t-elle.

J'acquiesçai.

Elle ne l'avait pas oublié. Moi non plus d'ailleurs. Depuis ma victoire contre Bonne Fontaine, je n'avais plus qu'une obsession : en apprendre davantage sur le sort de mon aiglon.

Lors de mes précédentes missions, j'avais communiqué à l'aide de la télépathie avec le rapace. Je souhaitais agir d'une manière semblable pour le localiser. S'il était toujours en vie, mon énergie nous mettrait en contact.

Je fis le vide dans mon cerveau et lançai un appel. Le

flux se perdit dans l'espace. L'absence de réponse jouait sur mes nerfs. Je pris conscience de l'extrême tension qui s'était emparée de moi. Elle freinait la puissance de la sorcellerie. Mais comment me relaxer devant un tel enjeu ?

« Inspire et souffle plusieurs fois de suite », suggéra Pat, qui avait perçu ma fébrilité.

J'émis un second appel, plus puissant que le premier, mais tout aussi anxieux. Je pouvais suivre l'onde dans sa propagation. Elle filait sur des kilomètres.

« Par les pustules de Paulo le spectre ! »

Je tressaillis.

« C'est toi qui viens de jurer ? » criai-je à ma camarade.

Elle eut un geste de dénégation.

« Les limaces se réveillent ! Pas de surmenage ni d'accélération trop brusque, vous allez vous exposer à la crise cardiaque. Quinze jours que je croupis dans ce trou sans nouvelles. Félicitations pour votre solidarité. Je n'ose même pas imaginer ce que l'équipe est devenue avec la disparition de son meilleur membre. Alors ? Vous venez me chercher ou va-t-il falloir que je me débrouille par mes propres moyens ? »

Vivant ! Ce ronchon de Tooloo était vivant ! Je dansais de bonheur.

« Tu ne crois tout de même pas que je suis si facile à éliminer ! » grinça l'aiglon.

Pat, elle aussi, laissa libre cours à sa joie. Nous sautions, gambadions, tournoyions sur place.

« Ce sont les olympiades de gymnastique ? pestait le

volatile. Dans l'affirmative inscrivez-moi, j'ai besoin d'exercice. »

Ce moment d'exaltation passé, je mis tout en œuvre afin de rejoindre mon compagnon. En un tour de main j'enlaçai Pat et nous nous volatilisâmes, direction Tooloo.

Il trônait dans une splendide cage posée au centre d'un patio fleuri. Son plumage était luisant. Seule une minuscule cicatrice trouait l'une de ses ailes.

« Mazette ! siffla Pat, tu n'as pas été recueilli par des pauvres.

– Ouais, délivrez-moi donc au lieu d'admirer le logis. Si le propriétaire rapplique, il défendra son bien. Je suis son animal de compagnie préféré. Ce rondouillard roule sur l'or. Ce qui signifie qu'il dispose d'une vingtaine de domestiques dévoués. Je pourrais en aplatir cinq, mais au-delà, j'ai peur d'être submergé. »

Pat s'escrimait déjà avec la serrure. Je l'écartai doucement. Pas besoin de se casser la tête. Un sort nous ferait gagner un temps précieux.

Comme par enchantement, ou plutôt grâce à un enchantement, mon aiglon se retrouva hors de sa prison.

« Tu as suivi une formation ? s'étonna-t-il. J'ai dû manquer un épisode. Tu es bien Tom Cox, le sorcier aux pouvoirs calamiteux ?

– Non, je suis Tom Cox, le super-hyper-méga-sorcier », dis-je modestement.

Le froissement d'un manteau nous immobilisa. Je me

retournai et heurtai la panse imposante du noble qui avait voulu nous acheter comme esclaves sur le marché de Tenochtitlán. Il avait encore augmenté de volume. Ses cuisses disparaissaient sous les plis de sa bedaine et ses innombrables mentons dégoulinaient sur sa poitrine. Son œil droit portait toujours les auréoles violettes d'un mirifique coquard. Tizoc n'y était pas allé de main morte.

« Comment osez-vous... »

Sous l'effet de l'indignation, sa chair tremblotait. On aurait dit un énorme flan pris de convulsions. Sa paupière bleuâtre clignotait.

« Je vous reconnais, déclara-t-il au comble de la stupeur. J'ai perdu une fortune à cause de vous. Quelle humiliation ! Un homme de mon rang. La populace s'est jetée sur moi. On m'a traité de voleur, de gros plein de soupe, de...

– Et c'était immérité ? » intervint Pat d'une voix angélique.

J'avais des crampes à l'estomac tellement je me retenais de rire.

« Ça ne se passera pas comme ça ! » frétilla cette gélatine ambulante.

Mais avant qu'il ait pu alerter ses serviteurs, j'usai de mes dons. Il sembla fondre comme une bougie que l'on place à côté d'une source de chaleur. Ses bourrelets se rétractèrent, sa peau se racornit, son ventre se creusa et bientôt on put apercevoir son squelette. Sous l'action de ce régime instantané, son manteau roula à terre et son pagne dégringola sur ses chevilles. Il cacha sa nudité de ses mains.

« C'est juste un avertissement, proférai-je. Nous allons partir, mes deux amis et moi. Mais si j'entends à nouveau dire que tu exploites le peuple et voles ton prochain, je reviendrai. Et je ne me contenterai pas de réduire ton embonpoint. »

La menace le rendit muet. Je lui adressai un dernier clin d'œil et nous nous éclipsâmes en nous tordant d'hilarité.

28

Nous avions regagné les abords de Tenochtitlán et j'avais fait apparaître de délicieux hamburgers pour régaler mes amis. C'était assez commode de voir se réaliser tous ses souhaits. Pourtant, je n'osais pas abuser de cet avantage car je me sentais encore un peu frileux. Avais-je le droit d'utiliser ma magie pour mon bien-être personnel ? La mort de Tlaloc Umaru l'avait empêché de me confier les limites de mon énergie et j'avais peur de tout gâcher en transgressant une règle. Une petite dispute éclata quand je passai la commande des boissons. Pat rêvait d'un Coca et Tooloo d'un sirop de grenadine. Ces deux-là n'arrivaient pas à assimiler ma transformation. Ils pensaient qu'il fallait choisir. Je les réconciliai en leur offrant un verre de leur breuvage respectif. « On va vivre comme des coqs en pâte », commenta Tooloo avant que le hoquet ne lui coupe la parole. Assis dans l'herbe, nous dégustâmes notre repas dans la chaleur des retrouvailles. Lorsqu'il fut rassasié, l'aiglon entreprit de nous narrer ses mésaventures : « Je suis resté sonné une heure ou deux. La flèche m'avait effleuré, me blessant à l'aile. Pas question de vous rattraper. J'ai passé la nuit dans le désarroi le plus complet. Je pouvais sautiller sur mes pattes, mais guère plus. À l'aube, une famille de paysans s'est approchée. Le père hésitait à me tuer pour récupérer mes plumes et les vendre aux plumassiers. J'ai tout de suite imité les perroquets : "Rrrouuu... gentil... rrrouuuu... oiseau gentil..." Un charabia inepte, mais qui a convaincu le bonhomme de me soigner. Il s'est alors mis en tête de dénicher un noble en manque d'animal de compagnie. Ainsi il gagnerait une belle somme, beaucoup plus importante que celle que rapporterait mon plumage. C'est de cette façon que je me suis retrouvé chez Poignée de Maïs, le pachyderme que tu as rétréci. J'avais décidé de m'enfuir dès que j'aurais retrouvé l'usage de mes ailes. Mais cette motte de beurre ne me sortait jamais de ma cage. Je commençais à déprimer sérieusement. J'ai besoin de grands espaces où m'ébattre. Moi, j'ai le sport dans le sang. »

Nous nous regardâmes, Pat et moi, avec une complicité facétieuse.

« Ça tombe bien, marmonna ma camarade. Nous devons châtier Tizoc. C'est le moment de la revanche. Nous avons attendu que tu sois avec nous. Tom s'occupera du chef de la bande et de Montagne Noire, mais nous lui prêterons main-forte. Il reste deux brigands. Puisque tu te sens d'attaque, je te laisse le bien portant. Moi, je maîtriserai le blessé. »

Je hochai le menton en signe d'approbation : « Ça paraît correct. »

L'oiseau avait reculé en entendant la suggestion de l'adolescente.

« Ouh ! là ! se récria-t-il. Je suis encore convalescent. Avec cette aile de guingois je ne suis pas sûr d'être efficace. »

Pince-sans-rire, Pat écarquilla les yeux : « Un athlète de ton niveau ! Tu ne serais pas en train de te défiler ?

– Pas du tout, mentit l'aiglon. En temps normal, j'aurais démoli Tizoc. Mais cette raideur dans l'articulation m'effraie un peu.

– Tom va arranger ça. Une simple formule et ta souplesse reviendra. »

L'oiseau était acculé. Je me demandais comment il allait parvenir à se tirer de ce mauvais pas.

« Je préfère laisser la nature agir, argumenta-t-il. Un os consolidé à la hâte peut engendrer des séquelles. Mais vous pouvez compter sur mon soutien moral. »

Pat éclata de rire : « Cela s'appelle avoir le trouillomètre à zéro. Rassure-toi, on rentre à la maison. »

Oubliant notre plaisanterie, le volatile se roula de plaisir sur le sol. La jeune fille battait des mains. J'aurais partagé leur gaieté si une idée ne m'avait pas trotté dans la tête. Depuis notre rencontre avec le mage aztèque, j'avais formé un projet. Le moment était venu d'en faire part à mes compagnons.

« J'aimerais revoir Montezuma », avouai-je tout à trac.

Le silence qui accompagna cette déclaration ne manquait pas d'éloquence. Je me fis l'impression d'être le trouble-fête de service.

« Tu veux retourner au palais ? s'indigna Pat. Au milieu des Espagnols ? Avec l'aimable Marina qui rôde ? Ce garçon est encore sous l'emprise de la drogue.

– Non, bougonna Tooloo. C'est son état normal. Tom-porte-poisse, un surnom qui lui sied à ravir. »

Je savais que j'aurais à faire face à l'hostilité de mon équipe. Notre excursion n'avait pas été une sinécure et la prolonger ne soulèverait pas l'enthousiasme. Cependant je devais les persuader.

« Selon Tlaloc Umaru, l'Orateur Sacré doit, ce soir, recevoir un coup mortel. Si j'interviens, je pourrai peut-être le sauver. Ne comprenez-vous pas ce que cela signifie ? Si nous partons, le peuple aztèque et toute son extraordinaire culture seront rayés de la carte.

– Si les Indiens avaient eu des coutumes pacifiques, je serais tombée d'accord avec toi, objecta Pat. Mais ils sacrifient des êtres humains à leurs idoles. Les Espagnols vont interdire ces crimes.

– Pour en commettre de bien plus affreux, tentai-je. On peut sans doute convaincre l'empereur de renoncer à l'aspect sanguinaire de sa religion. »

Tout en proférant ces paroles, je ne pus m'empêcher de juger combien elles étaient illusoires. Nous n'avions que trop d'exemples des monstruosités commises aux noms des dieux. Fallait-il pour cela condamner toute une part de l'humanité ?

« Tu as vu par toi-même le haut degré de culture qu'ils ont atteint, enchaînai-je. J'ai du mal à imaginer que tout cela va s'effondrer. Avec les Aztèques, c'est un pan de l'histoire de l'humanité qui va disparaître.

– Une seconde ! »

Tooloo s'était interposé entre moi et ma camarade. Son ton posé me fit prendre conscience de la colère qui m'enflammait. J'eus honte de m'être si facilement emporté. Pat dut éprouver le même sentiment car elle inclina la nuque.

« Tu as le pouvoir de rendre son trône à Montezuma, concéda Tooloo. Tu peux faire déguerpir Cortés et son armée. Si cela te chante, tu peux même gommer des mémoires la découverte du Nouveau Monde. Il suffit d'égarer ce pauvre Christophe Colomb, de détraquer ses outils de navigation. Tôt ou tard, il faudra bien que ce continent soit connu de l'Europe. Réfléchis juste à ce problème. Si tu modifies le passé, quelles répercussions cela aura-t-il sur le présent ? Sous prétexte de créer une société plus juste, tu bouleverseras le visage du monde. En sera-t-il meilleur pour autant ? Ta tâche n'est pas de réparer les injustices d'autrefois, mais de préserver l'avenir. En agissant aujourd'hui, tu risques d'enclencher un mécanisme diabolique. Comment savoir si tes ancêtres ne sont pas liés aux événements que nous vivons ? Un minuscule grain de sable et le futur s'écroule. Dans cet avenir que tu mets en place, y a-t-il un Tom Cox ? Peut-être que sans toutes les circonstances passées tu ne serais pas né ? Ni Pat ? Ni moi ? »

Je n'avais pas songé aux conséquences de mes actes

et j'étais coincé. Un affreux dilemme m'écartelait. J'avais la possibilité d'aider le Fils du Soleil. En un battement de cils, je pouvais l'extirper de sa prison, expulser les hommes blancs de son royaume et préserver la population. Seulement, je devais convenir que Tooloo avait raison. Une altération de l'Histoire provoquerait des réactions en chaîne et je ne les contrôlerais guère. En optant pour la passivité, j'acceptais une responsabilité écrasante, celle d'une multitude de victimes. Toutes ces vies qui reposaient entre mes mains avaient quelque chose d'effrayant. Et je n'avais pas la force de choisir.

« Je voudrais parler une dernière fois avec Montezuma, affirmai-je, farouche.

– Tu es le seul à pouvoir prendre la décision, répondit mon aiglon avec gravité.

– Fais attention à toi, tête de pioche ! » ronchonna Pat.

Ses yeux brillaient étrangement.

La mort dans l'âme, je procédai à ma téléportation.

29

La salle était déserte ; cependant des clameurs guerrières trouaient la nuit. À travers les fenêtres rougeoyaient des lambeaux d'incendies. Enfermé dans l'habitation des prêtres, je n'avais pas mesuré l'ampleur de l'insurrection. Le tableau idyllique, contemplé depuis les monts environnants, camouflait une incroyable tragédie. La ville bouillonnait. Chaque jour de violents combats opposaient Aztèques et Espagnols. Une atmosphère de fin du monde régnait dans le palais. Pour plus de précautions, j'activai un sortilège d'invisibilité. Les dalles glaçaient la plante de mes pieds. On avait arraché les nattes de palme de peur qu'elles ne propagent le feu à l'édifice tout entier. Les tapisseries somptueuses avaient, elles aussi, disparu. Des débris de meubles jonchaient le sol ainsi que quelques plumes chatoyantes. Je me glissai le long d'un couloir qui débouchait sur le patio central. Là encore, un spectacle de désolation m'attendait. La majeure partie de la végétation était carbonisée. Les fûts charbonneux des troncs avaient été renversés et gisaient dans un affreux désordre. Un soldat espagnol traversa ce cimetière en courant. Je le suivis tant bien que mal jusqu'à un escalier qu'il emprunta.

Au premier étage, la moitié de la troupe était réunie. L'autre partie résistait, cramponnée au mur d'enceinte. Je dus me faufiler entre les guerriers qui s'accordaient un peu de repos pendant que leurs camarades guettaient sur les terrasses. Les hommes, exténués par les assauts incessants de la population, dormaient à même le sol, vautrés les uns sur les autres, dans la position où le sommeil les avait fauchés. Dans une pièce attenante, un groupe de femmes se serrait. C'étaient les épouses des conquérants, cadeaux des provinces entrées en rébellion contre le pouvoir de Montezuma. Les malheureuses ne comprenaient rien à ce qui se produisait. Elles affichaient des airs de bêtes traquées. Un peu plus loin, des militaires dissimulaient sous leurs habits loqueteux le fruit de leur rapine. Ces individus, que la mort menaçait, songeaient encore à l'or qu'ils pourraient emporter. D'âpres lueurs illuminaient leurs prunelles et leurs doigts crochus nouaient des pans de tissu autour de bagues, de colliers et de statuettes précieuses. Les Européens avaient perdu leur superbe. Ils ressemblaient à une horde de hyènes en train de flairer des décombres. Je ne m'attardai pas davantage au milieu de ces carnassiers, car j'avais aperçu deux gardes flanqués de chaque côté d'une porte. Peut-être surveillaient-ils l'empereur ? Sous leur regard ahuri, j'entrebâillai le battant et me glissai dans une sorte de cabinet obscur.

« Un courant d'air », maugréa l'un des militaires à l'adresse de son compatriote.

Une forme se tenait penchée sur une vaste table encombrée de papiers. Je m'apprêtais à murmurer le nom de l'Orateur Sacré lorsqu'une femme fit irruption. Elle venait de la terrasse. Sans dire un mot, elle s'approcha du mur et alluma une torche. La flamme éclaira son visage. Je faillis crier : c'était Marina. Son teint était plus pâle que dans mon souvenir, mais une volonté implacable durcissait ses traits.

« Ne reste pas dans le noir, dit-elle de sa voix aux accents métalliques. Les ténèbres brouillent l'intelligence et déforment la réalité.

– Nous sommes faits comme des rats, geignit son interlocuteur qui martelait le bois de son poing fermé. Ces forcenés ont brûlé les trois bateaux que j'avais fait amarrer dans un canal, près du Templo Mayor. Les sacrifices de ce matin semblent avoir galvanisé nos ennemis. Ils viennent de démolir les ponts qui reliaient la ville à la terre ferme. Ne vois-tu pas que nous sommes pris au piège ? La nourriture et l'eau vont manquer. Deux jours qu'il ne pleut pas. Les bassines déposées dans la cour sont presque à sec. »

Les déflagrations des combats envahirent la nuit, comme pour souligner les dires de l'inconnu.

« Tes alliés vont nous venir en aide, affirma la jeune femme qui n'écoutait que cet homme courbé sur ses papiers.

– Les Tlaxcaltèques et les Totonaques haïssent les Aztèques, poursuivit-il. Voilà des années que ces peuples courbent l'échine devant Tenochtitlán. La soumission est entrée dans leur sang. Oh ! ils voudraient bien se libérer de leurs maîtres. Mais ils ne lèveront pas le petit doigt pour nous sortir de ce guêpier. Ils attendent sagement à quelques lieues de la capitale afin de voir de quel côté tournera le sort. Tant que j'étais puissant, ils jouaient les bravaches. Désormais...

– Tu es toujours puissant. Ne tiens-tu pas Montezuma ? »

Marina avait craché le nom du souverain comme une injure. Elle tomba à genoux devant l'Espagnol.

« Tu es puissant, répéta-t-elle. Tu es Cortés, le général d'une armée soutenue par un Dieu absolu. Tu es Cortés, le libérateur de mes frères. Tu es Cortés, celui que j'ai choisi. Et je ne me trompe jamais. »

Le conquérant posa la main sur les cheveux de sa compagne.

« Comme j'aimerais posséder ta détermination, souffla-t-il en s'inclinant tendrement. Ne doutes-tu donc jamais ?

– Jamais. »

L'hidalgo se leva et se mit à arpenter la salle. Il était de petite taille mais l'énergie émanait de tout son corps.

« Mon idéal s'écroule, explosa-t-il enfin. Je rêvais d'un mariage entre nos deux peuples, dont chacun serait sorti renforcé. Alvarado a ruiné toutes nos chances. Désormais, il ne nous reste que la violence. Et c'est justement ce que je voulais éviter. Avant le massacre du temple,

Montezuma apparaissait comme un souverain autoritaire qui oppressait les provinces. J'étais sur le point de remporter la mise. J'aurais supprimé les coutumes bestiales et l'ensemble des tribus auraient joui de la sécurité. Hélas, l'Orateur Sacré n'a plus aucune valeur. Les Indiens songent déjà à élire un nouveau monarque. Cuitlahuac, le frère de l'empereur, va être désigné.

– Mais il ne l'est pas encore, protesta Marina. Utilise Montezuma tant qu'il en est encore temps. Sers-toi de lui comme bouclier humain. Les miens sont superstitieux, ils n'oseront pas toucher leur roi. Ainsi nous pourrons quitter la ville sains et saufs. Et nous reviendrons. Alors, pas une pierre ne subsistera de l'orgueilleux cœur du Monde Unique. »

La jeune femme mettait tant de hargne à orchestrer la destruction de sa patrie que j'en fus écœuré. Qu'espérait-elle donc ? Régner aux côtés de Cortés ? Sans doute. Et si cette ambition nécessitait la ruine du pays et l'extermination des habitants, Marina acceptait d'en payer le prix. Bonne Fontaine avait justement pesé l'âme de cette intrigante. Elle couvait un nœud de cobras à la place du cœur.

Un cri d'alarme interrompit la discussion. Cortés fila sur la terrasse, aussitôt suivi par sa maîtresse. Je leur emboîtai le pas.

Le ciel de la cité pesait comme une chape de plomb sur les maisons. Çà et là, des braseros dardaient un œil écarlate sur les nuages d'encre. Des centaines de torches se dirigeaient vers nous. Dans notre dos, un poing défonça la porte. Alvarado venait d'entrer. Il se précipita vers le général : « Nous ne pouvons plus les contenir. Ils approchent. »

Cortés regarda les Indiens qui s'élançaient par-dessus le mur d'enceinte. Ils l'escaladaient, tombaient pêle-mêle dans la cour et reprenaient leur course vers le palais. C'était un véritable raz de marée.

« Va chercher le prisonnier, ordonna l'envahisseur. Vite ! »

Marina s'était reculée dans l'ombre. Elle grelottait. Je crus qu'elle avait enfin découvert la peur. Mais c'était une erreur : un fin sourire étirait ses lèvres. Maintenant, des pierres ricochaient sur le dallage de la terrasse, accompagnées de lances et de flèches. Je me mis à l'abri à l'intérieur du cabinet. Cortés et sa compagne m'y rejoignirent. Déjà Alvarado était de retour. Une quinzaine de soldats le précédaient, bousculant Montezuma que je reconnus sur-le-champ grâce à son manteau vert émeraude.

« Calme-les ! fulmina le général qui agrippait son otage par le col. J'ai deux canons braqués sur la foule. Si tu ne les renvoies pas chez eux, je te promets un massacre. »

L'Orateur Sacré se dégagea avec dignité.

« Un de plus, articula-t-il avec un incroyable mépris. Tu as prétendu servir un Dieu de bonté et de miséricorde. En son nom, tu as insulté nos divinités. Aujourd'hui, dis-moi lequel de nous deux est le plus barbare ? »

Cortés baissa les yeux, comme taraudé par le remords.

« Des palabres ! persifla Marina. Tu n'es doué que pour agiter ta langue de vipère. Comment les dieux soutiendraient-ils un fantoche comme toi ? »

Montezuma toisa la traîtresse qui dévoilait son jeu.

« Tu as raison, Malinali, déclara-t-il avec douceur. J'ai été faible et ce qui arrive est entièrement ma faute. Mais je n'irai pas plus avant dans le déshonneur. Vous allez connaître la haine de mon peuple. »

À peine eut-il achevé de parler que Cortés l'empoigna. J'étais admiratif. La noblesse du monarque bravait ses tortionnaires.

Quel casse-tête ! Pouvais-je abandonner cet homme ? Il avait certainement des torts, mais, durant cette dernière minute, ne les avait-il pas rachetés ? D'un autre côté, l'hidalgo n'était pas le conquérant sans foi ni loi que j'avais imaginé. Durant sa discussion avec Marina, il avait insisté sur son désir de trouver une solution pacifique au conflit. N'avait-il pas aussi fait montre d'un souci de justice envers la population indienne ?

Malgré les jets de pierres, les Espagnols avaient poussé Montezuma jusqu'à la balustrade. De cette position il dominait les insurgés. Quelques-uns uns étaient en train de grimper vers le premier étage.

L'apparition de l'empereur dans sa tenue de plumes pétrifia les assaillants. Un silence religieux s'appesantit. Le respect et une crainte ancestrale muselaient la multitude. Son élan se brisait devant le Fils du Soleil. Je marchai vers le rebord, partagé entre deux sentiments contradictoires. D'une part, je souhaitais que Montezuma démontre sa puissance, mais de l'autre, je redoutais qu'il ne lance ses sujets dans un affrontement sans merci.

Il y eut un mouvement. Dans la première rangée d'Indiens, un individu se baissa pour ramasser quelque chose sur le sol. Je fronçai des sourcils car sa physionomie ne m'était pas étrangère. À l'instant même où je l'identifiai, Tizoc visa l'Orateur Sacré. Le galet fendit les airs. J'hésitai une fraction de seconde. Les propos de Tooloo résonnèrent dans mon crâne : « Un minuscule grain de sable et le futur s'écroule. » Non, je devais intervenir. Je tendis donc le bras pour dévier la course du projectile, mais Marina, qui ne voulait rien perdre de la scène, me bouscula. Le galet heurta Montezuma en pleine tempe.

Sans émettre le moindre râle, l'empereur s'effondra.

« Il y a quelqu'un sur cette terrasse ! » hurlait la maîtresse de Cortés.

Heureusement pour moi, la confusion était telle que personne n'entendit son avertissement.

Les Aztèques, d'abord désarçonnés, se jetèrent contre l'édifice avec une violence décuplée. On traînait le corps inanimé du Fils du Soleil. Un filet de sang coulait sur sa joue. À cet instant deux énormes panaches de fumée engloutirent l'assistance. Cortés avait fait tirer les canons.

30

TOOLOO HURLA ET BONDIT dans les bras de Pat.

« Pré... préviens av... avant de te matérialiser, toussa-t-il. J'ai frôlé l'infarctus. Et j'ai avalé mon chewing-gum. C'était le dernier. »

J'étais encore d'humeur morose et les criailleries de l'aiglon m'insupportèrent.

« Tu n'es jamais content, attaquai-je. Et puis que signifie cette histoire de chewing-gum ? Tu le gardes avec toi depuis notre départ de Tours ? Il ne doit plus avoir aucun goût.

– Je te signale, monsieur Je-sais-tout, que l'invention de cette friandise ne date pas d'hier. Les Aztèques en consomment régulièrement. Enfin, les femmes, parce que les hommes trouvent que c'est une pratique efféminée. Tu te rends compte ! Se faire traiter de fille à cause de ça ! »

Pat m'observait en mâchouillant. Elle aussi avait eu droit à son Malabar version locale.

« Cela provient d'un arbre, expliqua l'oiseau. On en recueille la sève qui se solidifie légèrement. La saveur à peine sucrée n'est pas désagréable. Hélas, je n'en ai plus. »

Je ne relevai pas l'accusation et changeai de sujet. Je n'avais pas le cœur à polémiquer.

« Montezuma a été blessé, déclarai-je, encore tout pantelant d'émotion. Tizoc lui a jeté une pierre.

– Tizoc ! »

Ils avaient réagi d'une même voix. Je dus leur conter par le menu l'épisode du palais. Mes deux compagnons étaient atterrés.

« Déniche-nous une encyclopédie, insista Pat. Il faut qu'on sache ce qui va arriver. »

Aussitôt les volumes tombèrent comme de la grêle tout autour de nous. Tooloo zigzaguait entre les différents tomes qui s'écrasaient sur le sol.

« J'ai eu chaud, grogna-t-il quand l'averse cessa. Vu le poids de ces bouquins, si je n'avais pas été aussi agile, j'aurais pu servir de marque-page. »

Chacun s'attribua un livre et y chercha l'article approprié.

« Doña Marina, j'ai ! avertit Pat. Elle sera connue sous le nom de *Malinche*. On dirait qu'elle va partager quelque temps la vie du général. Ils auront même un enfant ensemble, don Martin. Mais le conquistador est déjà marié. Il abandonnera sa complice aztèque qui mourra très vieille et se consacrera aux Indiens les plus démunis.

– Un revirement plutôt inattendu, m'exclamai-je.

– À mon tour, exigea Tooloo. Cortés va conquérir tout le pays. Mais il n'en tirera aucun bénéfice. Il décède près de Séville, le 2 décembre 1547, presque oublié de tous. »

Nous demeurâmes muets. La destinée de l'hidalgo n'était pas aussi glorieuse que prévue. Il n'avait retiré aucun bénéfice personnel de son idéal d'une union entre les peuples. Il avait livré le Mexique aux Européens et avait été évincé.

Je redoutais de lire les informations concernant Montezuma. Le monarque m'avait ému. Mon équipe attendait patiemment. Je parcourus la fin du paragraphe : « Le souverain s'éteindra le 27 juin 1520, des suites du coup reçu trois jours auparavant. »

Je chiffonnai la page de l'encyclopédie.

« Les prédictions de Merlin étaient correctes, commenta Pat. La preuve est faite : mieux vaut ne jamais connaître l'avenir. »

Nous méditâmes cette phrase un moment.

J'avais le cœur lourd. Mais sans doute était-il préférable que je n'aie pas réussi à modifier les événements. Quant à Tizoc, je ne m'inquiétais pas trop à son sujet. Une canaille de son espèce rencontrerait vite de sérieux problèmes. En tout cas, j'avais acquis une certitude : je ne voulais plus jamais entendre parler du quatrième monde.

L'heure de retourner à la maison venait de sonner.

Je me redressai brusquement et enjoignis mes camarades de me donner la main. Nous recréâmes la ronde qui nous avait permis de nous métamorphoser. Que de changements ! Aujourd'hui, nous étions réellement transformés et d'une manière beaucoup plus profonde. Nous échangeâmes un drôle de sourire. Chacun avait conscience du chemin parcouru. Oui, nous avions changé. Et mûri.

Je n'avais plus d'appréhension. Avec la puissance que j'avais obtenue, notre voyage serait une formalité. J'allais raccompagner Pat jusque chez sa mère. À l'aide d'un sortilège d'oubli, j'effacerais le souvenir de sa fugue dans l'esprit de cette brave femme. Et si la police enquêtait, je rendrais visite au commissariat. J'étais tout à fait capable d'affronter les autorités et même ce dragon de Mlle Pimbois. Je n'avais rien à craindre de ce côté. En fait, j'angoissais surtout à l'idée de rentrer chez moi. L'absence de mes parents serait très difficile à digérer. Toutes ces pièces vides où le silence résonnerait...

Pat avait perçu mon malaise. Elle me dévorait du regard.

« Je suis là, murmura-t-elle. Et je ne vais pas me carapater dès que nous aurons atterri devant ma résidence. Nous sommes plus que des amis maintenant. »

Troisième perche ! Cette fois, je ne me dégonflerais pas.

« Je voudrais te dire...

– Ah non ! intervint Tooloo. Pour la guimauve, vous attendrez que je ne sois pas présent. Il y a des choses que mes chastes oreilles refusent d'entendre. Et puis nous avons du pain sur la planche. En route, les amoureux ! »

LA SALLE AVAIT DES ALLURES DE CRYPTE. L'humidité suintait le long des murs qu'elle auréolait de taches verdâtres. Dans quatre immenses plaques d'acier fondu apparaissaient les corps des Fairystorm : Mathieu, Sophie, Louis et Déborah. Chacun plongé dans un sommeil maléfique. Une cryogénisation renforcée par la couche de métal indestructible. Toute l'énergie du sorcier avait été requise pour achever ces tombeaux-prisons. On distinguait encore le visage tourmenté des victimes à travers la mince couche grise. La congélation les avait fait affreusement souffrir. Les quatre bouches hurlaient encore dans le silence de la salle. La famille Cox au grand complet. Non, un peu à l'écart, une dernière plaque était lisse. Elle gisait à même la terre battue. Le Maître la contemplait, ivre de fureur. Les excroissances lépreuses de son visage palpitaient. Attisées par la haine, elles avaient progressé. Désormais une partie du front était grignotée.

« Ton triomphe est momentané, grinça Mordom. Rien ne stoppera mon œuvre. Je vais anéantir ton univers et tu viendras me supplier d'épargner les hommes. J'étais sur le point de vaincre les Sages. C'est parce qu'ils

connaissaient le sort que je leur réservais que les ancêtres se sont dissous. Pauvre Tom ! Ces vieilles carnes ne t'ont pas légué le cadeau que tu imagines. Je suis toujours le plus fort. »

Et pour en faire la démonstration, il pulvérisa la plaque vide.

Réalisation : PAO Éditions du Seuil
Achevé d'imprimer
sur les presses de Normandie-Roto s.a.s. à Lonrai
N° 61519
N° d'impression : 040510
Dépôt légal : mars 2004
Imprimé en France